滋 味

别是一家词与曲

《中国大百科全书》青少年拓展阅读版编委会　编

中国大百科全书出版社

图书在版编目（CIP）数据

滋味·别是一家词与曲 /《中国大百科全书》青少年拓展阅读版编委
会编 . —北京：中国大百科全书出版社，2019.9
（中国大百科全书：青少年拓展阅读版）
ISBN 978-7-5202-0589-4

Ⅰ. ①滋… Ⅱ. ①中… Ⅲ. ①词曲史—中国—古代—青少年读物
Ⅳ. ① I207.23-49

中国版本图书馆 CIP 数据核字（2019）第 208747 号

出 版 人	刘国辉
策划编辑	李默耘　程　园
责任编辑	程　园
封面设计	WONDERLAND Book design　仙境 QQ:344581934
责任印制	李　鹏
出版发行	中国大百科全书出版社
地　　址	北京阜成门北大街 17 号
邮　　编	100037
网　　址	http://www.ecph.com.cn
电　　话	010-88390739
印　　刷	蠡县天德印务有限公司
开　　本	710 毫米 ×1000 毫米　1/16
字　　数	69 千字
印　　张	7
版　　次	2019 年 9 月第 1 版
印　　次	2020 年 1 月第 1 次印刷
定　　价	32.00 元

序

百科全书（encyclopedia）是概要介绍人类一切门类知识或某一门类知识的工具书。现代百科全书的编纂是西方启蒙运动的先声，但百科全书的现代定义实际上源自人类文明的早期发展方式：注重知识的分类归纳和扩展积累。对知识的分类归纳关乎人类如何认识所处身的世界，所谓"辨其品类""命之以名"，正是人类对日月星辰、草木鸟兽等万事万象基于自我理解的创造性认识，人类从而建立起对应于物质世界的意识世界。而对知识的扩展积累，则体现出在社会的不断发展中人类主体对信息广博性的不竭追求，以及现代科学观念对知识更为深入的秩序性建构。这种广博系统的知识体系，是一个国家和一个时代科学文化高度发展的标志。

中国古代类书众多，但现代意义上的百科全书事业开创于1978年，中国大百科全书出版社的成立即肇基于此。百科社在党中央、国务院的高度重视和支持下，于1993年出版了《中国大百科全书》（第一版）（74卷），这是中国第一套按学科分卷的大百科全书，结束了中国没有自己的百科全书的历史；2009年又推出了《中国大百科全书》（第二版）（32卷），这是中国第一部采用汉语拼音为序、与国际惯例接轨的现代综合性百科全书。两版百科全书用时三十年，先后共有三万多名各学科各领域最具代表性的专家学者参与其中。目前，中国大百科全书出版社继续致力于《中国大百科全书》（第三版）这一数字化时代新型百科全书的编纂工作，努力构建基于信息化技术和互联网，进行知识生产、分发和传播的国家大型公共知识服务平台。

从图书纸质媒介到公共知识平台，这一介质与观念的变化折射出知识在当代的流动性、开放性、分享性，而努力为普通人提供整全清晰的知识脉络和日常应用的资料检索之需，正愈加成为传统百科全书走出图书馆、服务不同层级阅读人群的现实要求与自我期待。

《〈中国大百科全书〉青少年拓展阅读版》正是在这样的期待中应运而生的。本套丛书依据《中国大百科全书》（第一版）及《中国大百科全书》（第二版）内容编选，在强调知识内容权威准确的同时力图实现服务的分众化，为青少年拓展阅读提供一套真正的校园版百科全书。丛书首先参照学校教育中的学科划分确定知识领域，然后在各类知识领域中梳理不同知识脉络作为分册依据，使各册的条目更紧密地结合学校

课程与考纲的设置，并侧重编选对于青少年来说更为基础性和实用性的条目。同时，在条目中插入便于理解的图片资料，增加阅读的丰富性与趣味性；封面装帧也尽量避免传统百科全书"高大上"的严肃面孔，设计更为青少年所喜爱的阅读风格，为百科知识向未来新人的分享与传递创造更多的条件。

百科全书是蔚为壮观、意义深远的国家知识工程，其不仅要体现当代中国学术积累的厚度与知识创新的前沿，更要做好为未来中国培育人才、启迪智慧、普及科学、传承文化、弘扬精神的工作。《〈中国大百科全书〉青少年拓展阅读版》愿做从百科全书大海中取水育苗的"知识搬运工"，为中国少年睿智卓识的迸发尽心竭力。

本书编委会

2019 年 9 月

目　录

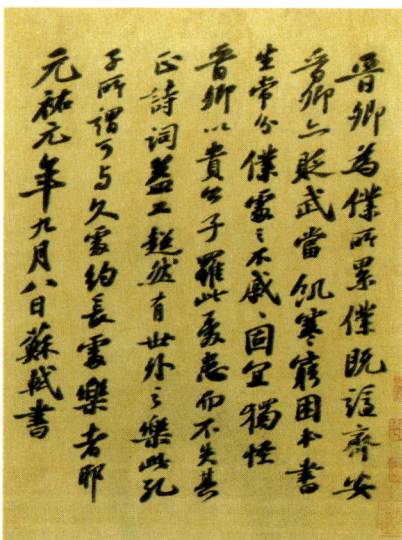

张志和

中国唐代词人。初名龟龄，字子同。婺州（今浙江金华）人。约 780 年前后在世。16 岁游太学，后明经及第，向肃宗上书陈策，受赏识，命待诏翰林，授左金吾卫录事参军，赐名"志和"。后因事获罪贬南浦（今江西南昌西南）尉。遇赦量移，遂不复仕，浪迹江湖，自号烟波钓徒。又自号玄真子。著《玄真子》12 卷 3 万言，《太易》15 卷，均佚。

张志和能书善画，长于音乐。现存其〔渔歌子〕即〔渔父〕词 5 首，写江南景色、渔父生活。如："西塞山前白鹭飞，桃花流水鳜鱼肥。青箬笠，绿蓑衣，斜风细雨不须归。"写景如画，形象鲜明，有隐者情怀，富生活乐趣，为早期文人词名作。《竹坡诗话》说，当时"和〔渔歌子〕者无算"。《西吴记》也说："志和有〔渔父〕词，刺史颜真卿与陆鸿渐、徐士衡、李成矩递相唱和。"（《词林记事》引）苏轼也曾把其中"西塞山前白鹭飞"一阕的成句先后用入〔浣溪沙〕〔鹧鸪天〕。

词见于《尊前集》《唐五代词》。事迹见颜真卿《浪迹先生玄真子张志和碑》及《新唐书》本传。

温庭筠

中国唐代诗人、词人。本名岐，字飞卿。太原祁（今山西祁县）人。相貌奇丑，人称"温钟馗"。才思敏捷，每入试，八叉手成八韵，人称"温八叉"。然生性傲岸，放浪不羁，好讥嘲权贵，取憎于时，尤为宰相令狐绹所不容，因此累年不第。宣宗大中十三年（859），为随县尉，后改方城尉，官终国子助教。坎坷一生，流落而死。

温庭筠工诗善词。诗与李商隐齐名，时称"温李"，而成就逊于李。词与韦庄并称，世号"温韦"，而贡献大于韦。其诗今存330首，其中乐府诗多写男女情爱，风格艳丽，与其词风相近，如《春愁曲》写闺怨，语言华美，描写细腻。咏史诗寄慨深沉，可与李商隐同类作品媲美，《过陈琳墓》《经五丈原》《苏武庙》等篇，自出机杼，精警动人。其写山水、行旅的近体诗，清新可诵，时有警句。如《商山早行》的"鸡声茅店月，人迹板桥霜"，状难写之景如在目前，深为欧阳修《六一

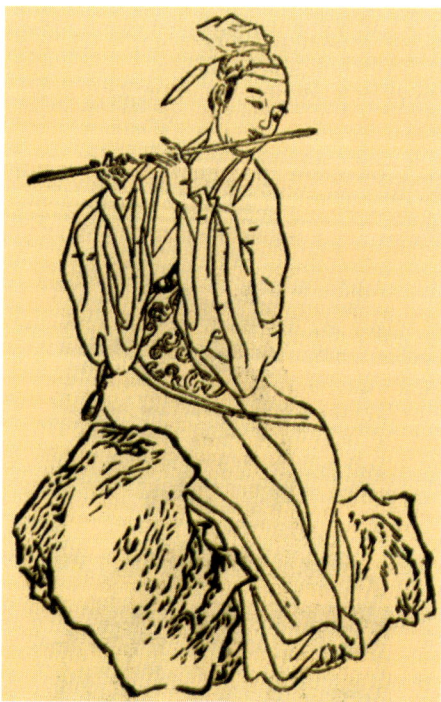

诗话》所赏。其诗集有顾嗣立等《温飞卿诗集笺注》本。另有小说《乾馔子》3卷，原书失传，《太平广记》录有33篇。

温庭筠精通音乐，善鼓琴吹笛，号称有弦即弹，有孔即吹。他又长期出入秦楼楚馆，经常接触市井新声，成为中国词史上大力写词的第一人。他既借用民间词的形式，进行改造加工，定型了词体，统一确立了词的形式规范；又继承了中唐以来文人曲子词的传统，建立起符合文人审美趣味的艺术范式。词的题材取向以男女情爱、相思恨别为主，注重表现女性的容貌情怀；语言追求秾艳华丽。其词当时深受社会各阶层的欢迎，连宣宗皇帝也喜爱他的《菩萨蛮》。五代其他花间词人多奉为典范，形成花间派，后人尊之为"花间"鼻祖。宋人作词，也多学其体，直至宋末，

张炎仍主张作小令"当以唐《花间集》中韦庄、温飞卿为则"（《词源》卷下），影响深远。

温庭筠词，五代时曾有《金荃集》行世，后不传。今传温词，主要有《花间集》所载66首。近人刘毓盘和王国维辑本，分别录词72首和70首，不尽可靠。曾昭岷《温韦冯词新校》和中华书局版《全唐五代词》录69首，较完善可信。

事迹参王定保《唐摭言》和孙光宪《北梦琐言》各卷、傅璇琮主编《唐才子传校笺》卷八、夏承焘《唐宋词人年谱·温飞卿系年》。

皇甫松

中国唐代词人。生卒年不详，与温庭筠同时。名又作嵩，字子奇，自号檀栾子。睦州新安（今浙江建德附近）人。散文家皇甫湜子，宰相牛僧孺表甥。工诗词，擅文章。久试进士不第，终生未仕。昭宗光化三年（900）十二月，韦庄奏请追赐皇甫松、温庭筠等人进士及第，而唐人呼进士为"先辈"，故《花间集》称之为"皇甫先辈"。曾著《醉乡日月》3卷，详载唐人饮酒令，今不传。

皇甫松以词著名，今存词22首，其中《花间集》录12首，《尊前集》载10首。陈廷焯《白雨斋词话》卷七谓其词"宏丽不及飞卿，而措词闲雅，犹存古诗遗意。唐词于飞卿而外，出其右者鲜矣。五代而后，更不复见此种笔墨"。其〔天仙子〕〔忆江南〕〔采莲子〕诸词最为后人激赏，如〔梦江南〕："兰烬落，屏上暗红蕉。闲梦江南梅熟日，夜船吹笛雨萧萧。人语驿边桥。"情景逼真，语短情长。又如〔采莲子〕："船动湖光滟滟秋（举棹）。贪看年少信船流（年少）。无端隔水抛莲子（举棹），遥被人知半日羞（年少）。"将采莲的生活场景和人物的动作神态一并写出，跃然纸上。事迹参康骈《剧谈录》卷下、王定保《唐摭言》卷十、《唐诗纪事》卷五十三。

韦 庄

中国唐末五代诗人、词人。字端己。长安杜陵（今陕西西安东南）人。武后时宰相韦待价之后、诗人韦应物四世孙。至韦庄时，其族已衰，父母早亡，家境寒微。

韦庄一生经历，可分前后两期。前期为仕唐时期。广明元年（880）他在长安应举，适值黄巢军攻占长安，未能脱走，至中和二、三年间（882—883）始得逃往洛阳，作《秦妇吟》。乾宁元年（894）再试及第，任校书郎，已年近六十。乾宁四年，奉诏随谏议大夫李洵入蜀宣谕，得识王建。后又在朝任左、右补阙等职。这

一时期的创作主要是诗歌。今存《浣花集》中。后期为仕蜀时期。天复元年（901），他应聘为西蜀掌书记，自此在蜀达10年。天祐四年（907），朱全忠灭唐建梁，韦庄亦劝王建称帝，建立蜀国，史称前蜀。后官至吏部侍郎同平章事。这一时期的创作主要是词。今存韦词大部分作于后期。

韦庄在唐末诗坛上有重要地位。他前逢黄巢军攻城略地，后遇藩镇割据兵连祸结，忧时伤乱为他诗歌的重要题材，从而较为广阔地反映了唐末动荡的社会面貌。他以近体诗见长。律诗圆稳整赡，音调响亮；绝句包蕴丰满，耐人咀嚼。而清词俪句，情致婉曲，则为其近体诗的共同风格。

韦庄的代表作是长篇叙事诗《秦妇吟》。此诗长达1666字，为现存唐诗中最长的一首。此诗从反映历史巨变的重大题材、宏伟

严整的叙事结构而言，都是中国诗史上未曾有过的，而内容的复杂性更属罕见。一方面对黄巢军的原始性复仇破坏行为多所暴露，夸饰渲染之中也不乏某种真实；对揭竿而起的历史正当性的严重挑战中，又不自觉地反映出黄巢军的声威和唐朝廷的腐朽无能，无情地揭露了唐军残民以逞的罪恶，而又夹杂着对他们"剿贼"不力的谴责，表现出对唐室的忠诚。此诗未收入《浣花集》，20世纪初始在敦煌石窟发现。

韦庄又是花间派中成就较高的词人，与温庭筠并称"温韦"。温词主要是供歌伎演唱的歌词，创作个性不鲜明；而韦词却注重于作者感情的抒发，如〔菩萨蛮〕"人人尽说江南好"5首等。韦词善于用清新流畅的白描笔调，表达比较真挚深沉的感情，如〔浣溪沙〕"夜夜相思更漏残"、〔女冠子〕"四月十七""昨夜夜半"等。王国维《人间词话》认为韦词高于温词，指出"端己词情深语秀"，"要在飞卿之上"；"温飞卿之词，句秀也。韦端己之词，骨秀也"。

《蜀梼杌》著录韦庄《浣花集》20卷。《浣花集》为韦庄弟韦蔼所编，蔼序说，韦庄在"庚子（880）乱离前"的作品，大都亡佚；到编集时，他才搜集到1000多首。然今传《浣花集》仅存诗200多首，尚不足原编四分之一。此集有明正德间朱承爵刻本（《四部丛刊》即据以影印）和晚明汲古阁刻本，皆作10卷。

韦庄词向无专集。《全唐诗》从《花间集》《尊前集》《草堂诗余》等辑录54首。刘毓盘辑有《浣花词》1卷，共55首，刊入《唐五代宋辽金元名家词集六十种》。

近人向迪琮编有《韦庄集》

（1958）。今人聂安福编有《韦庄集笺注》（2002），笺注颇详，搜讨材料亦广。

孙光宪

五代词人。字孟文，号葆光子。贵平（今属四川）人。历事南平高从诲、高保融、高继冲三世，累官至检校秘书监兼御史大夫。入宋后，为黄州刺史。性嗜经籍，聚书数千卷；校勘钞写，老而不辍。著有《荆台集》《笔傭集》《橘斋集》《蚕书》《巩湖编玩》《北梦琐言》等书。现存《北梦琐言》一种。孙光宪词题材较广，内容较宽。他也写艳词，既有泼辣的风月情，也有婉约的青楼怨。但是他在花间词中独树一帜的，却是由于咏史、农家、异乡、边塞等主题的词作。咏史词，如《河传》"太平天子"，写隋炀帝"等闲游戏"，荒淫作乐，开运河，游江都，终于"锦帆风，烟际红，烧空，魂迷大业中"，身死国亡；农家词，如〔风流子〕"茅舍槿篱溪曲"，咏田园情趣，"门外春波涨绿，听织，声促，轧轧鸣梭穿屋"，乐在其中；异乡词，如〔菩萨蛮〕"木棉花映丛祠小"，写"铜鼓与蛮歌"的南国越族风情，别有春光。尤其是他的边塞词，如〔定西番〕"鸡禄山前游骑"，想象塞外射猎，"一只鸣髇云外，晓鸿惊"，颇为豪放；〔酒泉子〕"空碛无边"描写征人室思，"马萧萧，人去去，陇云愁"，"香貂旧制戎衣窄，胡霜千里白"，不失雄健。《白雨斋词话》说他的词"气骨甚遒，措语亦多警炼，然不及温、韦处亦在此，坐少闲婉之致"，正说出其特色，可为后世豪放词的先声。其事迹见《宋史·荆南世家》。孙词今存80余首，《花间集》收其词60首。

冯延巳

中国五代词人。一作延嗣，字正中。广陵（今江苏扬州）人。南唐开国时，任秘书郎。中主李璟即位后，官至宰相，深得李璟的信任。冯延巳多才多艺，学问渊博，诙谐幽默。善辨说，能文章，工书法，尤长于词。所作名句"风乍起，吹皱一池春水"（〔谒金门〕），为李璟激赏，传诵一时。他常常把愁苦与欢乐

结合着写，表现出人的心理、情绪的丰富性和多样性。他还善于用清新雅丽的语言表现人生不确定性的愁思，境界迷茫朦胧，含而不露。

冯延巳词对北宋词人影响较大。刘熙载《艺概·词概》说："冯延巳词，晏同叔（殊）得其俊，欧阳永叔（修）得其深。"冯煦《唐五代词选序》也说："吾家正中翁，鼓吹南唐，上翼二主（李璟、李煜），下启晏、欧，实正变之枢纽，短长之流别也。"

冯延巳的词集名《阳春集》，北宋时有传本，但早已失传。现存最早的是明吴讷的《唐宋名贤百家词》抄本。清代所传抄刻本中，以四印斋刊本较通行。然各本收词不尽相同，有的收有伪作。中华书局1999年版《全唐五代词》，收录冯延巳词112首，较可靠。冯延巳另有小说《墨昆仑

传》，见《唐代丛书》。

事迹见马令、陆游两家《南唐书》和今人夏承焘《唐宋词人年谱·冯正中年谱》。

李璟

中国五代时期词人。南唐中主。原名景通，字伯玉。徐州（今属江苏）人。南唐开国主李昪之子。保大元年（943）继位，先以保境安民为务，后来想扩张领土，出兵与邻国作战，结果屡战屡败，致使国力大亏。交泰元年（958），兵败于后周，遂去帝号，称国主。建隆二年（961），迁都洪州（今江西南昌），到洪都仅3个月，即抑郁而终。在位19年，庙号元宗。

李璟词只传存4首，见于《南唐二主词》，每首都是精品，所写虽都是相思恨别的题材，但寄寓着自己深沉的人生感慨。其中〔浣溪沙〕"菡萏香销翠叶残，西风愁起碧波间。还与容光共憔悴，不堪看。细雨梦回鸡塞远，小楼吹彻玉笙寒。多少泪珠何限恨，倚阑干"最为著名。尤其是"小楼吹彻玉笙寒"，已成千古名句。"菡萏"两句，王国维称为"大有众芳芜秽，美人迟暮之感"（《人间词话》）。

事迹参新旧《五代史》本传，马令、陆游两家《南唐书》本纪，吴任臣《十国春秋》本纪和今人夏承焘《唐宋词人年谱·南唐二主年谱》。

李 煜

中国五代词人，南唐后主。原名从嘉，字重光，号钟隐，又号钟峰白莲居士。即位后改名煜。徐州（今属江苏）人。中主李璟第六子，宋太祖建隆二年（961）即位于金陵。在位15年，称臣于宋。开宝八年（975），宋师攻陷金陵，被迫降宋，幽囚于汴京。太平兴国三年（978），被宋太宗用牵机药毒死。

李煜前期做国主时，先后有两位天姿国色、多才多艺的大、小周后陪伴，生活得意美满。被俘后，李煜被软禁居住，行动失去自由，人格上也遭受屈辱。

李煜政治才能低下，治国无方，艺术才能却高超杰出，既工书善画，能诗擅词，又精通音乐。其书法，自创"金错刀""撮襟"诸体。其词亦自成家，亡国前的词既有彻夜欢歌、白日舞会，又有"奴为出来难，教君恣意怜"（〔菩萨蛮〕）的动人爱情；亡国后则是悲惨世界，只有"梦里"才能"一晌贪欢"，总是把过去的欢乐和现在的痛苦做对比，构成过去和现在、欢乐和痛苦相互对比映衬的二重组合词境。〔虞美人〕"春花秋月何时了"、〔浪淘沙〕

"帘外雨潺潺"、〔乌夜啼〕"林花谢了春红""无言独上西楼"等是他后期的代表作。在词史上，李煜有着独特的地位和贡献。他把应歌娱乐的偏重写艳情的词作初步转变为抒写个人情志的新型抒情诗，使词开始注意表现词人自己独有的人生感受，赋予词体以鲜明的艺术个性，为词作提供了新的抒情范式，并建立起一种清新自然、文雅秀美的语言风格。

李煜原有文集30卷，已佚，部分诗文见于《全唐诗》和《全唐文》。其词集最初为南宋人所辑，与李璟词合编为《南唐二主词》，今传最早之本为明吴讷《唐宋名贤百家词》本，另有清侯文灿刻《十名家词集》本等。今有王仲闻《南唐二主词校订》（1957）和詹安泰校注《李璟李煜词》（1958），颇完善。存词可靠者有38首。

事迹见《新五代史》和《宋史》本传，马令、陆游《南唐书》和吴任臣《十国春秋》，及今人夏承焘《唐宋词人年谱·南唐二主年谱》。

柳 永

中国北宋词人。原名三变，字景庄，后改今名，字耆卿。因排行第七，又称柳七。官至屯田员外郎，又称柳屯田。福建崇安（今福建武夷山）人。其生卒年，史籍无明确记载，据今人唐圭璋《柳永事迹新证》考证，柳永享年约67岁。宋仁宗景祐元年（1034）进士（《能改斋漫录》卷十六）。历睦州推官、晓峰盐场监、泗州判官、灵台县令，官至屯田员外郎。柳永一生仕途潦倒，宋人笔记中记载柳永尝赋〔鹤冲天〕词，有"忍把浮名，换了浅斟低唱"句，宋仁宗临试黜之，云："且去浅斟低唱，何要浮名。"

于是柳永自称"奉圣旨填词"，日与人醉饮于酒楼之中（《苕溪渔隐丛话》后集卷三十九引《艺苑雌黄》）。

他的文学活动时间约相当于仁宗朝（1023—1063）。他的诗流传下来的不多，其《煮海歌》有"周而复始无休息，官租未了私租逼。驱妻逐子课工程，虽作人形俱菜色"句，表现了他对盐民的同情。

他一生专意于词的创作，成就显著，在形式和内容上都有较大创新。他首变五代、宋初词多以小令为主的模式，专意创作长调，有的甚至是他自创的新调，故李清照称他"变旧声作新声"（《词论》）。柳词的内容较之前人也有所拓展，大凡羁旅行役、歌舞宴饮、赠妓送别，无不涉及。他生活于宋仁宗时相对繁荣稳定的社会环境中，反映当时的社会

生活成为其词的内容之一。黄裳评论柳词"喜其能道嘉祐中太平景象，如观杜甫诗，典雅文华，无所不有"（《书乐章集后》）。陈振孙也认为他把"承平气象形容曲尽"（《直斋书录解题》卷二十一）。〔望海潮〕一词描绘西湖的旖旎风光、钱塘都市的繁华景象，以致后来的金主完颜亮读后，因羡慕江南"桂子""荷花"，方兴南侵之师（《鹤林玉露》丙编卷一）。描写羁旅行役也是柳词的重要内容。〔雨霖铃〕"寒蝉凄切"一词的"今宵酒醒何处，杨柳岸，晓风残月"被誉为古今俊句，为时人所称道。柳永词在艺术上独具特色，他善于熔铸前人佳作入词，〔八声甘州〕"对潇潇暮雨洒江天"一词，上片末尾"唯有长江水，无语东流"，即化用南唐李后主"问君能有几多愁，恰似一江春水向东流"词意；下片"误

几回天际识归舟"，又用温庭筠词"过尽千帆皆不是"句意，将闺中女子对情人的思念之情刻画得淋漓尽致。苏轼虽然不满意柳永词，但对这首词却赞不绝口，以为"'霜风凄紧，关河冷落，残照当楼'，此语于诗句不减唐人"（《侯鲭录》）。其〔忆帝京〕词之"系我一生心，负你千行泪"，〔定风波〕词之"镇相随，莫抛躲，针线闲拈伴伊坐"，将男女相思怨嗔描绘得生动贴切，活灵活现。其他如〔满江红〕"暮雨初收"、〔望远行〕"长空降瑞"、〔倾杯乐〕"木落霜洲"、〔玉蝴蝶〕"望处雨收云断"，均为脍炙人口之作。

对柳永词的评价，自宋以来即有分歧。或说他"词语尘下"（李清照《词论》），或说他"浅近卑俗，自成一体，不知书者尤好之"（王灼《碧鸡漫志》卷二）。正因为柳永擅长使用平民百姓的

俚俗词语入词，故柳词得以广为流传，"凡有井水饮处，即能歌柳词"（叶梦得《避暑录话》卷下）。近人夏敬观认为，柳词当分雅俚二类。雅词用六朝小品文赋作法，层层铺叙，情景兼融，一笔到底，始终不懈；俚词袭五代淫邪之风气，开金元曲子之先声。比于里巷歌谣，亦复自成一格。这是比较公允的评价。

著有《乐章集》9卷（《直斋书录解题》卷二十一）。现存各种柳词版本卷帙各异，有汲古阁《宋六十名家词》本、《四库全书》本、《彊村丛书》本。1994年中华书局出版有薛瑞生《乐章集校注》。

张 先

中国北宋词人。字子野。乌程（今浙江湖州）人。张维子。仁宗天圣八年（1030）进士。历官宿州掾，知吴江县，嘉禾判官，永兴军通判，知渝州、虢州。后以尚书都官郎中致仕，常往来于杭州、吴兴之间，与苏轼、杨绘、李公择、柳瑾等相唱和。张先词与柳永齐名，晁补之说："张子野与耆卿齐名，而时以子野不及耆卿。然子野韵高，是耆卿所乏处。"（《能改斋漫录》）张先词的内容多写男女之情，其中不乏感情真挚、表现手法细腻新颖之作。〔一丛花令〕词写闺阁女子的哀怨，有"沈恨细思，不如桃杏，犹解嫁春风"，当时就有"桃杏嫁东风郎中"之誉（《过庭录》）。张先善于以工巧之笔写朦胧的美，宋祁很赞赏他〔天仙子〕中的"云破月来花弄影"，称之为"'云破月来花弄影'郎中"。而他用"影"的名句很多，自称"张三影"。嘉泰《吴兴志》称其"有集一百卷"，久佚，今仅存辑本《安陆集》1卷，有《十名家词集》本、《四库全书》本；《张子野词》2卷，有《知不足斋丛书》本、《彊村丛书》本。

晏 殊

中国北宋政治家、文学家。字同叔。抚州临川（今江西抚州）人。出身清贫，7岁应神童试，与进士千余人同试廷中，神气自若，援笔立成，赐同进士出身。从秘书省正字升至知制诰、礼部侍郎。后因事出知宣州，改应天府。又任礼部、刑部、工部尚书，同平章事兼枢密使，病卒于家，仁宗亲临祭奠。谥元献。

晏殊知人好贤，喜奖拔后进。知贡举，擢欧阳修为第一，及为相，范仲淹、韩琦、富弼皆用为执政，均为一时名臣。

晏殊是宋代文学大家，《宋史》本传说他"文章赡丽，应用无穷，尤工诗，闲雅有情思"。他推崇韩、柳之文，以为文章当扶道垂教，非独以属词比事为工（《国朝二百家名贤文粹》卷一〇二《与富（弼）监丞书》）。他的诗文词虽也是继承晚唐五代传统，但其"赡丽"中有沉著的内容，所以不流于轻倩、浮泛，故为当时所重。

晏殊的文学成就以词最为突出，其词继承了花间词派温庭筠、韦庄的风格，又深受南唐冯延巳的影响。在形式上，晏殊词无长调，全为小令。他的词作名句"无可奈何花落去，似曾相识燕归来"（〔浣溪沙〕"一曲新词酒一杯"），从渲染落花无情、归燕有意的伤春之感，生发出对人生不再的"无可奈何"的惆怅之情，历代词评家皆赞不绝口。其他词作，如〔木兰花〕"池塘水绿风微暖"、〔浣溪沙〕"一向年光有限身"、〔踏莎行〕"小径红稀"，

也往往抒发"往事关心，人生如梦"的情感，唤起人们对现实生活的无限珍惜，故能引起读者共鸣。在艺术手法上，晏殊善于用白描手法描绘人物，其〔破阵子〕词"疑怪昨宵春梦好，元是今朝斗草赢，笑从双脸生"句，将乡村少女天真烂漫、无忧无虑的神态刻画得入木三分，清许昂霄谓"如闻香口，如见冶容"（《词综偶评》）。

晏殊一生富贵，地位显要，因此在他的词中没有像柳永吟咏羁旅穷愁的作品，也很少有唱和应酬之作，即使是描写儿女情长的作品，也显得隐约含蓄，如〔玉楼春〕词描写离人的思恋之情，"天涯地角有穷时，只有相思无尽处"，也只有淡淡的哀怨。其子晏幾道称"先公为词，未尝作妇人语"（《直斋书录解题》卷二十一引），尽管有所回护，但也

不无道理。

晏殊的著述，欧阳修记载有文集240卷（《晏公神道碑铭》）。现存者仅有《元献遗文》（有《四库全书》本）、《珠玉词》、《类要》3种。《珠玉词》有江西人民出版社1985年吴林杼校笺本、上海古籍出版社1989年胡士明校点本。

苏　轼

中国北宋文学家、书画家。唐宋八大家之一。字子瞻，一字和仲，号东坡居士，苏洵子、苏辙兄。眉州眉山（今属四川）人。卒于常州。

生平与思想　苏轼出生在一个三世皆不显赫的家庭。仁宗嘉

祐二年（1057），与弟苏辙同科进士及第。六年，应制科试，入三等，除大理评事、签书凤翔府判官。治平二年（1065）正月还朝，判登闻鼓院，二月召试秘阁，直史馆。三年四月，苏洵卒，返蜀居丧。熙宁二年（1069）还朝，任殿中丞、直史馆、判官告院。四年，因与王安石政见不合，出通判杭州，继知密、徐、湖三州。元丰二年（1079）七月以其诗文谤讪新政的罪名被捕入狱，这就

是有名的乌台诗案，数月后获释，责授黄州团练副使。七年，诏移汝州团练副使。元丰八年，神宗去世后，起知登州。到官五日，被召还朝。元祐中，由起居舍人迁中书舍人、翰林学士知制诰、兵部尚书、礼部尚书。因遭新旧两党夹击，其间曾出知杭州、颍州、扬州、定州。绍圣元年（1094），坐讥刺神宗责贬惠州、儋州。徽宗即位，遇赦北归，于建中靖国元年（1101）卒于常州。事迹见苏辙《东坡先生墓志铭》（《栾城后集》卷二二）、《宋史》卷三三八本传等。宋王宗稷、施宿分别编有《东坡先生年谱》，清查慎行编有《东坡先生年表》，王文诰有《苏文忠公诗编注集成总案》，今人孔凡礼有《苏轼年谱》。

他深受佛老思想影响，但其思想主流仍然是儒家思想，毕生具有儒家辅君治国、经世致用的政治理想。他的哲学思想集中体现在《苏氏易传》一书中，其书"多切人事"（《四库全书总目提要》）。他既反对守旧派的因循守旧，又反对王安石的激进变法，提出他自认为符合中庸之道的革新主张。他既具有超旷达观的襟怀，超然物外，无往而不乐；又用老庄"万物齐一"和佛教"万物皆幻"的思想安慰麻醉自己，以忘记和解脱现实的痛苦。在文学上，他好以禅说诗，认为诗法与佛法相通；其作品笔力纵横，富有庄子的浪漫主义精神，有些作品也含有虚无消极的色彩。

文学艺术成就　苏轼具有多方面的文学艺术才能，在诗、词、散文等各个领域都富有创造性，取得了独到的成就。

文艺理论　苏轼没有系统的文艺理论专著，但他的许多诗文、笔记、书信、序跋包含着丰富深

刻的文艺思想，构成了完整的文艺思想体系。他主张文章应"有意而言"（《策论·总叙》），诗文当"有为而作"，"言必中当世之过"，如五谷可以疗饥，药石可以治病（《凫绎先生文集叙》引苏洵语）。他反对为文造情、无病呻吟，主张"诗从肺腑出，出辄愁肺腑"（《读孟郊诗二首·其二》），提倡"不能自已而作"（《南行前集叙》）。他不满足于形似，推崇在形似基础上的神似。他十分重视文艺自身的特点和规律，对创作过程有完整的论述，提出了"胸有成竹""得心应手""营度经岁""须臾而成"等理论（《书蒲永昇画后》《文与可画筼筜谷偃竹记》）。他反对艰涩雕琢的文风，提倡平易自然，辞理精确，"常行于所当行，常止于所不可不止，

湖北黄冈苏轼纪念馆外观

文理自然，姿态横生"(《答谢民师书》)。苏轼的自成体系、充满生气的文艺思想，为北宋乃至整个宋代的文艺理论增添了光辉。

诗　苏轼诗存 2700 余首。苏辙曾对苏诗作过最简略精当的概括："公诗本似李、杜，晚喜陶渊明，追和之者几遍。"(《东坡先生墓志铭》)苏诗具有杜甫诗的现实主义精神，写有不少"悲歌为黎元"(《正月十八日蔡州道上遇雪次子由韵》)的诗篇，洋溢着强烈的爱国主义热情。其诗境界开阔，或写景记游，或谈玄说理，或应酬游戏，或论诗题画，或品评书法，或记梦赋物，或忆人咏史，或拟古追和，几乎无所不包，应有尽有。苏诗以明快直露为特征，接近于李白的浪漫主义风格，气势磅礴，感情奔放，想象丰富，奇趣横生，在他的笔下，海棠知睡，牡丹害羞，龟鱼识声，风解

人意。今人钱钟书把苏轼看作唯一能与李白相提并论的浪漫主义诗人。苏诗受韩愈影响，喜以文为诗，以议论为诗，笔力雄健，纵横驰骋，议论英发，见解独到，耐人寻味。苏轼博学，长于用典使事，博观约取，信手拈来，自然贴切，不露痕迹。苏诗尤长于比喻，新颖诙谐，出奇制胜，达到炉火纯青的境界，其《石鼓歌》《百步洪》《读孟郊诗二首》，都以博喻见长。苏诗各体兼备，尤长于古体和七言歌行。苏轼主张"少小时须令气象峥嵘，彩色绚烂，渐老渐熟，乃造平淡。其实不是平淡，绚烂之极也"(《与二郎侄书》)。苏诗的创作道路，恰好经历了一个由"峥嵘"到"平淡"的发展过程。他晚年的和陶诗，具有陶诗质而实绮、癯而实腴、意度高远、气韵清新、语言净洁的特点，表面散缓不收，

反复咀嚼，则有弦外之音、言外之意。

词 苏轼词今存约360首，他是豪放派的代表人物，黄州所作〔念奴娇〕《赤壁怀古》，怀古伤今，苍凉悲壮，慷慨激昂，是豪放词的千古名篇。他还发展了婉约词，扩大了婉约词的题材，提高了婉约词的格调，以清旷明净、造意深远为特色，与传统婉约派词的浓艳细腻异趣。他成功地创作了一些咏物词，如咏孤鸿的〔卜算子〕、咏杨花的〔水龙吟〕、咏石榴的〔贺新郎〕，语意高妙，含蓄蕴藉，情致缠绵，意味深长。他的多数言情词往往用淳朴无华的语言，抒写真挚热烈的爱情，如《江城子·记梦》、〔蝶恋花〕"花褪残红青杏小"、〔洞仙歌〕"冰肌玉骨"等。他的〔浣溪沙〕五首，描写农村生产和生活，刻画黄童、白叟、采桑姑、

缫丝娘、卖瓜人等农村人物形象，是词史上最早描写农村题材的作品。正如刘熙载所云："东坡词颇似老杜诗，以其无意不可入，无事不可言。"（《艺概·词曲概》）苏词冲破了所谓"诗庄词媚""诗述志、词言情"的藩篱，使词摆脱了附属于音乐的地位，把词发展成为独立的抒情诗。他精通词律，但又敢于不受词律约束，正如陆游所说："公非不能歌，但豪放，不喜剪裁以就声律耳。"（《老学庵笔记》卷五）

文 苏文今存4000余篇，代表了北宋古文运动的最高成就，标志着从西魏发端，历经唐、宋的古文运动的胜利。他的文章往往信笔书意，自然圆畅，挥洒自如，有意而言，意尽言止，毫无斧凿之痕；思路开阔，文如泉涌，千变万化，姿态横生；气势磅礴，雄健奔放，纵横恣肆，一泻千里；

滋味·别是一家 词与曲

状景摹物，无不毕肖，观察缜密，文笔细腻。他兼擅众体，现存赋20余篇，其《赤壁赋》《后赤壁赋》以散代骈，句式参差，用典较少，与欧阳修《秋声赋》同为文赋的代表作。他的议论文富有文采，说理透辟，气势雄浑，洋洋洒洒，翻新出奇，雄辩无碍，"有孟轲之风"和纵横家之气。他"身行万里半天下"，写有大量游记，在苏文中最有文学价值，每寓旷观达识、至理深情，描写、记叙、议论、抒情错综并用，尤以好发议论为特色，如《超然台记》《凌虚台记》《思堂记》《石钟山记》等。他所作碑传文甚少，但《方山子传》《潮州韩文公庙碑》却是碑传文的杰作。小品文是苏文中最具情韵的部分，包括书简、序跋、随笔、杂记等，或抒人生感慨，或叙身边琐事，或谈艺术见解，或记遗闻轶事，或述风土人情，不矜持，不造作，幽默风趣，看似毫不经意，而艺术造诣极高，最能体现苏轼狂放不羁的性格。

书画及学术著作　苏轼是一个具有多方面才能的艺术家。在宋代四大书法家"苏（轼）、黄（庭坚）、米（芾）、蔡（一说蔡襄，一说蔡京）"中，他名列第一。他大力提倡文人写意画，善画古木丛竹，与文同齐名，同为湖州画派代表。他的学术著作，以《苏氏易传》《书传》为代表。《易传》乃续苏洵未成之作，推阐理势，言简意赅。主旨近于王弼，而弼唯畅玄风，轼则多切人事。他以自己的义利观、人情说与当时正在形成的兴天理、灭人欲的理学相对立，在北宋理学之外别树一帜。

作品版本及注本　苏轼的文学成就在宋代以及后世都产生了

巨大影响，无论在他生前还是死后，都有很多人为他编辑、刊刻过各式各样的集子，既有分类合编本《东坡大全集》，又有分集合刻本《东坡七集》（明成化本），包括《东坡集》《后集》《续集》《奏议集》《内制集》《外制集》《应诏集》。《东坡七集》十分流行，翻刻甚多。

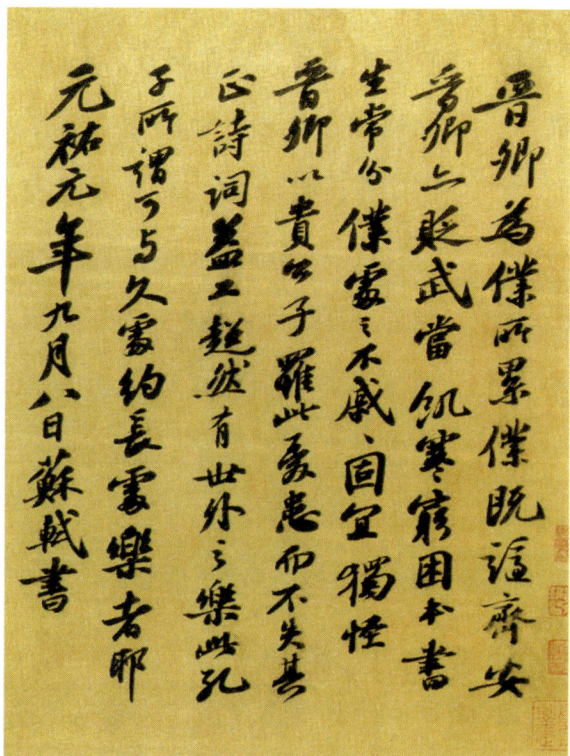

苏轼书题王诜诗跋页

从南宋起，为苏诗作注的人很多，分类注如旧题王十朋注《王状元集百家注分类东坡先生诗》，有黄善夫刊本、《四部丛刊》影元刊本；编年注如施元之、顾禧、施宿注的《施顾注苏诗》，有宋嘉泰刊本、景定补刊本（均已残）。清代注苏诗成风，如查慎行的《补注东坡编年诗》、翁方纲的《苏诗补注》、冯应榴的《苏文忠公诗合注》、王文诰的《苏文忠公诗编注集成》、沈钦韩的《苏诗查注补正》等。1982年中华书局出版的《苏轼诗集》就是以王文诰本为底本的。

现存最早的苏词注本为南宋傅幹的《注坡词》。20世纪相继出现了朱祖谋的《东坡乐府编年》、龙榆生的《东坡词编年笺注》。70年代以后笺注苏词成风，曹树铭、郑向恒、唐玲玲、薛瑞生等多家皆有苏词全集注，傅幹《注坡词》也有刘尚荣的整理本。

南宋郎晔的《经进东坡文集事略》是苏文的选注本，有《四部从刊》影宋刊本。明茅维的《东坡先生全集》则第一次把苏文汇编在一起。1986年中华书局出版的《苏轼文集》即以茅本为底本，另辑得佚文400余篇。

李之仪

北宋词人。字端叔，自号姑溪老农。沧州无棣（今属山东）人。哲宗元祐初为枢密院编修官，通判原州。元祐末从苏轼于定州幕府，朝夕倡酬。元符中监内香药库，御史石豫参劾他曾为苏轼幕僚，不可以任京官，被停职。徽宗崇宁初提举河东常平。后因得罪权贵蔡京，除名编管太平州（今安徽当涂）。后遇赦复官，晚年就卜居其地。

李之仪擅长作词，前人称其"多次韵，小令更长于淡语、景语、情语"（毛晋《姑溪词跋》）。他很注意词的特点，曾说"长短句于遣词中最为难工，自有一种

风格。稍不如格，便觉龃龉"。他批评柳永"韵终不胜"、张先"才不足而情有余"，而主张像晏殊、欧阳修那样"语尽而意不尽，意尽而情不尽"（《跋吴思道小词》）。他的佳作也确能达到这一要求，如〔卜算子〕："我住长江头，君住长江尾。日日思君不见君，共饮长江水。此水几时休，此恨何时已。只愿君心似我心，定不负相思意。"立意造语学民歌与古乐府，即景生情，即事喻理；下片借水言情，极为深婉含蓄。他曾与秦观、黄庭坚、贺铸等人歌词赠答，前人多将他与这几人并提。但实际上他的创作成就比起秦观等人有所不及。清人冯煦评论说"姑溪词长调近柳（永）、短调近秦（观），而均有未至"（《宋六十一家词选·例言》），是较为中肯的。

李之仪在当时还以尺牍擅名，亦能诗，这两方面的成就都受到苏轼称赞。有《姑溪居士前集》50卷，南宋吴芾守当涂时所编。又《后集》20卷，不知编者，但陈振孙《直斋书录解题》已著录，则亦出宋人之手。今二集俱存。有《四库全书》本、《丛书集成》本。其词另行，《直斋书录解题》录《姑溪词》1卷，有吴氏石莲庵《山左人词》本、毛晋《宋六十名家词》本。

秦 观

中国北宋词人。字少游，又字太虚，号淮海居士。扬州高邮（今属江苏）人。卒于藤州。自少豪隽，慷慨之气溢于文词。尝

于徐州拜见苏轼，以所作《黄楼赋》为贽见礼，苏轼以为"有屈宋才"。轼以其诗荐于王安石，王安石亦谓"清新似鲍谢"。元丰八年（1085）登第，授定海主簿，调蔡州教授。元祐（1086）初，苏轼以贤良方正荐于朝，因受阻未能赴任，后应制科考试，任太学博士，迁秘书省正字，兼国史院编修官。绍圣初，坐元祐党籍，通判杭州，御史刘拯论其增损《实录》，贬监处州酒税。使者承风望旨，候伺过失，既而无所得，则以谒告写佛书为罪，削秩郴州，又贬横州，徙雷州。宋徽宗即位，复宣德郎，北还。北行至藤州卒。

秦观是"苏门四学士"之一，诗、词、文皆工。他论文反对"雕篆相夸，组绘相侈"（《论议下》），在《韩愈论》中历评诸家之长，而对韩愈、杜甫尤为推崇。

秦观文长于议论，文丽而思深。他擅长各种文体，而以政论、游记为出色。元祐三年（1088）他为应贤良方正直言极谏科，献策30篇、论20篇，从政治、经济、军事等各个方面，提出了一整套政治主张，支持旧党废除新法，但又反对尽废新法，观点与苏轼接近。他的政论结构严密，说理透彻，文笔犀利，富有感染力和说服力。他的游记，如《龙

井题名记》，把西湖至龙井的夜景描写得诗意盎然，十分幽静。

其诗内容广泛，家居时写了不少田园诗和闲适诗，在各地游历时写了不少记游诗。在欧阳修的诗文革新取得胜利之后，北宋诗坛往往"以文字为诗，以议论为诗，以才学为诗"（《沧浪诗话·诗辨》），秦观诗却感情深沉，意境幽深，形象鲜明，自成一家，没有同时代诗人的通病。

秦观的主要文学成就在词，被陈师道誉为"当代词手"（《后山诗话》），被后世视为正宗的婉约派的第一流词人。他善于把男女恋情同自己的不幸遭遇结合起来，以含蓄的手法、幽冷的意境、淡雅的语言，抒发感伤的情绪。其〔满庭芳〕"山抹微云"善于通过清冷的环境描写抒发离愁别恨，晁无咎云："近世以来作者，皆不及秦少游。如'斜阳外，寒鸦数点，流水绕孤村'，虽不识字，亦知是天生好言语。"（《诗人玉屑》卷二十一引）〔水龙吟〕"小楼连苑横空"亦写得哀婉动人，中有"天还知道，和天也瘦"二句，杨慎以为"情极之语，纤软特甚"（《草堂诗余》）。其他如〔千秋岁〕"水边沙外"、〔踏莎行〕"雾失楼台"等也是脍炙人口的名作。

秦观有文集40卷、后集6卷、长短句3卷，中国国家图书馆藏有宋乾道高邮军学刻本、绍熙谢雩重修本，上海图书馆藏有宋刻明印本。丛书本有《四库全书》《四部丛刊》《四部备要》本。1994年上海古籍出版社出版有徐培均的《淮海集笺注》。《淮海词》除与诗文合刻外，还有单刻本传世。1卷本有《宋名家词》《四库全书》《中国文学珍本丛书》《四部备要》本，3卷本有《四库全书》《四部丛刊》《百家词》《彊村丛书》本，1985年上海古籍出版社出版有徐培均《淮海居士长短句笺注》。

贺　铸

中国北宋词人。字方回。卫州（今河南卫辉）人。宋太祖贺皇后族孙，所娶亦宗室之女。自称远祖本居山阴，是唐贺知章后裔，以知章居庆湖（镜湖），故自号庆湖遗老。年少读书，博学强记。任侠喜武，喜谈当世事。17岁赴汴京。曾任右班殿直，监军器库门，出监临城县酒税。元丰元年（1078）改官滏阳都作院。五年赴徐州领宝丰监钱官。由于所任皆冷职闲差，抑郁不得志。

元祐三年（1088）赴和州任管界巡检。此虽武职，但位低事烦，不遂其愿。不久因李清臣、苏轼推荐，改文职，任承事郎，为常侍。请任闲职，改监北岳庙。绍圣二年（1095）授江夏宝泉监，在任上整理旧稿，编成《庆湖遗老前集》。元符元年（1098）因母丧去职，不久东归，游历或居住于苏、杭一带。徽宗建中靖国元年（1101），召为太府寺主簿，继又改任宣议郎，迁宣德郎，再迁奉议郎。大观三年（1109）以承议郎致仕，卜居苏州。重和元年（1118）以太祖贺后族孙恩，迁朝奉郎，赐五品服。他因尚气使酒，终生不得美官，悒悒不得志。晚年更对仕途灰心，在任一年再度辞职，定居苏州。家藏书万余卷，手自校雠，以此终老。这一时期，他继续编成《庆湖遗老后集》。宣和七年（1125）卒于常州之僧舍。

贺铸诗、词、文皆善。但从实际成就看，他的诗词高于文，而词又高于诗。其词刚柔兼济，风格多样，其中以深婉丽密之作为最多。他善于融化中晚唐诗句入词，其技巧堪与周邦彦媲美。他的许多描写恋情的词，风格也是上承温庭筠、李商隐等人，写得婉转多姿，饶有情致。如名作〔青玉案〕："凌波不过横塘路，但目送芳尘去。锦瑟华年谁与度，月桥花院，琐窗朱户，只有春知处。飞云冉冉蘅皋暮，彩笔新题断肠句。若问闲情都几许？一川烟草，满城风絮，梅子黄时雨。"辞藻工丽，即景抒情，写自己爱情上的失意"断肠"。特别是结尾处接连使用3个巧妙的比喻：烟草、风絮、梅雨，形象新颖鲜明，当时即以"语精意新，用心良苦"（《碧鸡漫志》卷二）、"兴中有比，意味更长"（《鹤林玉露》卷七）

而脍炙人口，以至有"贺梅子"之称（《竹坡诗话》）。他的〔踏莎行〕〔石州慢〕〔生查子〕等，都是辞美而情深的婉约佳篇，足见作者是北宋传统词家庞大阵营之后劲。

贺铸有少数词能越出恋情闺思的范围，而着力抒写个人的身世经历和某些社会现实。这类词的风格也大不同于从《花间》到北宋末的柔婉之调，显得豪放劲朗，慷慨悲壮。最有代表性的是〔六州歌头〕，"不请长缨，系取天骄种，剑吼西风"，抒写自己的政治感慨。此外托意吊古的〔水调歌头〕、直抒胸臆的〔诉衷情〕〔念良游〕等，都可以看出以功业自许的志士牢落无成的悲哀。这些作品显然受了苏轼的影响，而隐然下接南宋前期的豪放诸家。有些词虽写传统题材，但思想内容却有所突破。如〔捣练子〕五首，写征妇的相思，从挖掘思妇的内心世界入手，如"斜月下，北风前，万杵千砧捣欲穿。不为捣衣勤不睡，破除今夜夜如年"，别开生面。这些词从一个侧面反映了当时兵役之苦，具有一定的社会意义。

贺铸诗为词名所掩，其实也有相当成就。他7岁学诗，至元祐三年，30年间已逾五六千首。经过不断删汰，自编《庆湖遗老诗集》时只存9卷。他人豪爽精悍，故其诗也"灏落轩豁，有风度，有气骨"（曹廷栋《宋百家诗存》），"工致修洁，时有逸气"（《四库全书总目》），格调往往近于苏轼。只是题材内容不甚宽广，其作品以写个人生活经历为主，以旅途行役、登临游赏为多，较少触及社会矛盾。《黄楼歌》《游金陵雨花台》《海陵西楼寓目》等诗奔放杰出，气格悲凉苍劲，而

《秦淮夜泊》《杨柳枝词》等则清新雅丽。《清堂燕》等作格调又近于小词。

贺铸的诗，据《宋故朝奉郎贺公墓志铭》记载，有《庆湖遗老前集》《庆湖遗老后集》20卷。但南宋初年仅存《前集》，有胡澄光宗绍熙三年（1192）刻本。其子方廪又编《庆湖遗老后集补遗》，有李之鼎宜秋馆据旧钞校刻本。贺铸的词，有《东山寓声乐府》3卷，又说2卷。今存者名《东山词》，有《四印斋所刻词》本，又有涉园影宋金元明本续刊本及《彊村丛书》本。《彊村丛书》本并收入残宋本《东山词》1卷、《贺方回词》2卷、《东山词补》1卷。

周邦彦

中国北宋文学家。字美成，晚号清真居士。钱塘（今浙江杭州）人。少时疏隽，不为州里推重，而博涉百家之书。元丰二年（1079），入京为太学生。六年，献《汴都赋》，受神宗赏识，由外舍生升为太学正。后在朝中和地方任职，徽宗时为秘书监，进徽猷阁待制，提举大晟府，与诸人讨论古音、审定古调，对词乐有很大贡献。

周邦彦在诗、文、词的创作方面都卓有成就。其诗受韩愈、李贺影响较大，在江西诗派诗风盛行之际，可谓独辟蹊径，"当时以诗名家如晁（补之）、张（耒），皆自叹以为不及"（陈郁《藏一话腴》）。其文"经史百家之言，盘曲于笔下，若自己出"（楼钥《清真先生文集序》）。代表作有《汴都赋》《续秋兴赋》《足轩记》等。《汴都赋》摹仿班固、张衡、左思等京都大赋，极尽铺张扬厉

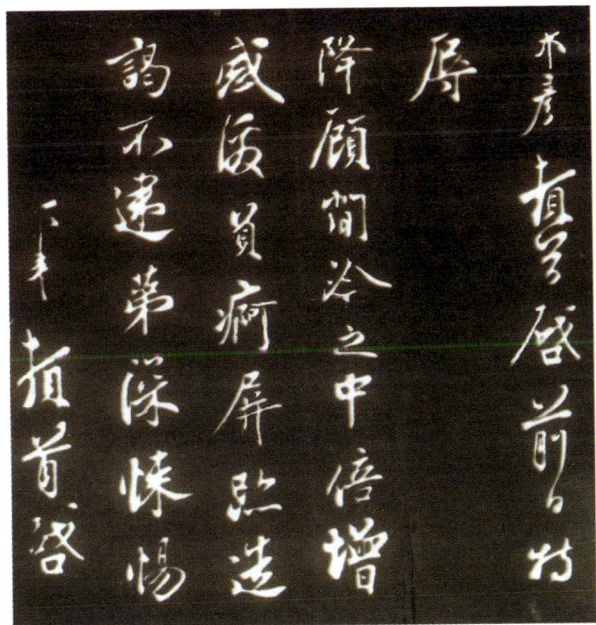

周邦彦手迹石刻

之能事，却"指陈事实，无夸诩之过"。

周邦彦的主要文学成就是词的创作，陈郁称"二百年来，以乐府独步"（《藏一话腴》）。其词题材内容较为狭窄，所赋大多为恋情，其中有表达对所爱女子思恋之情的词，如〔风流子〕"新绿小池塘"，被清人况周颐誉为"至真之情，由性灵肺腑中流出"（《蕙风词话》卷二）；有在酒筵席上的赠妓之作，如〔少年游〕"并刀如水"；有描写与所欢女子离别相思之作，如〔兰陵王〕"柳阴直"、〔浪淘沙慢〕"昼阴重"等。他还有描述羁旅行役、身世之感的作品，如〔满庭芳〕《夏日溧水无想山作》、〔六丑〕《蔷薇谢后作》等。其词情境浑融、气格浑厚，运用典故成语浑化无迹。如〔西河〕《金陵怀古》即以唐刘禹锡两首咏金陵的诗句入词，极具神韵，以至清人陈廷焯推崇为"金陵怀古词，古今不可胜数，要当以美成此词为绝唱"（《云韶集·周词评》）。邦彦词多长调，善于铺叙，长于勾勒："勾勒之妙，无如清真，他人一勾勒便薄，清真愈勾勒愈厚"（周济《介存斋论词杂著》）。其长调慢词如〔满庭芳〕"风老莺雏"、〔六丑〕"正单衣试酒"、〔兰陵王〕"柳阴直"、〔瑞龙吟〕"章台路"，皆曲折回环、开阖动荡，篇幅虽长而不失照应。他摹写物态，曲尽其妙，清王国维《人间词话》称其"言情体物，穷极工巧"。如〔青玉案〕之"叶上初阳干宿雨，水面清圆，一一风荷举"，极力描绘雨后荷花的神韵。他精通音乐，能自度曲，谱乐府长短句，声调谐和，上口悦耳，显现出词的韵律美。

周邦彦对后代词的创作产生了极其巨大的影响，尤其是清代的词评家更对他推崇备至，陈廷焯谓其"前收苏（轼）、秦（观）之径，后开姜（夔）、史（达祖）之始，自有词人以来，不得不推为巨擘"（《白雨斋词话》卷二）；王国维也称许他为"词中老杜，非先生不可"（《人间词话》）。但是周邦彦词的题材内容不广泛，也受到后世词评家的批评，如王国维称其"但恨创调之才多，创意之才少耳"（《人间词话》）。

著有《清真先生文集》24 卷（楼钥《清真先生文集序》），后经兵火，散佚颇多。现存周邦彦词集有 2 种版本：一为《片玉集》10 卷，宋陈元龙集注，有《彊村丛书》本、《宛委别藏》本、《景印宋金元明词》本；一为《清真集》2 卷、集外词 1 卷，有元刊本、汲古阁刊本《四库全书》本、王鹏运四印斋刻本、《西泠词萃》本。中华书局 1981 年出版有吴则虞校点本《清真集》，三联书店香港分店 1985 年出版罗忼烈《清真集笺注》，百花洲文艺出版社 1993 年出版有《周邦彦集》。

朱敦儒

中国宋代词人。字希真，号岩壑，又称伊水老人、洛川先生。河南（今河南洛阳）人。父朱勃，绍圣间任谏官。敦儒早岁以清高自许，虽为布衣，声望甚高。朝廷征召为学官，他坚决推辞。靖康之乱后携家南逃，经江西走两广，居南雄州。高宗累召入朝授官，辞不赴。绍兴五年（1135）因故人敦劝，始赴临安，对策便殿，赐进士出身，为秘书省正字。不久兼兵部郎官，再迁两浙东路提点刑狱。后因有人弹劾他与主战派大臣李光交通，被罢官。十九年，上疏请求退居嘉禾。晚年在秦桧的笼络下出任鸿胪少卿。不久秦桧死，他也被罢官。二十九年卒，年七十九。

朱敦儒工词，其创作可分为三个阶段。早年词多描写自己"玉楼金阙慵归去，且插梅花醉洛阳"（〔鹧鸪天〕）的裘马轻狂生活。南渡之初，他政治上站在主战派一边。所写的词也比较具有现实意义，多忧时伤乱之作，沉痛凄怆，颇能感人。如〔水龙吟〕"放船千里凌波去"中"北客翩然，壮心偏感，年华将暮。……回首妖氛未扫，问人间英雄何处"、〔朝中措〕"登临何处自销忧，直北看扬州。……昔人何在，悲凉故国，寂寞潮头"等。晚年过着闲退生活，又加上失节以事权贵，词中充满了浮生若梦的消极思想与诗酒自放的颓废情调。不过比起北宋末的多数词人来，他在题材开拓方面还是作了很多努力。除了忧时伤乱与闲适生活两类词外，还有宫怨、游仙、征妇叹以及讽刺世情等方面的作品。他后期的词，语言清新晓畅，明白自然，并常以寻常口语入词。总的说来，他的词风格旷达，一扫绮靡柔媚的习气，继承苏轼而又有变化，自成一家，在当时词坛上占有独特的地位。

著有《岩壑老人诗文》及《猎较集》，均佚。词集有《樵歌》（一名《太平樵唱》）3 卷，有听香仙馆本、四印斋本、《彊村丛书》本。1958 年文学古籍刊行社出版有龙元亮校本。

李清照

中国宋代女词人。自号易安居士。济南章丘（今属山东）人。父格非，官至礼部员外郎、京东路提点刑狱。以文章受知于苏轼，学识渊博，著有《洛阳名园记》1 卷。母王氏，王拱辰孙女（《宋史·李格非传》），也知书善文。

生平 李清照一生经历可以宋室南迁为界，分作前后两个时期。

李清照早年随父住在汴京、洛阳，具有较好的文化教养。她工书，能文，兼通音律，"自少年便有诗名，才力华赡，逼近前辈"（王灼《碧鸡漫志》）。建中靖国元年（1101）18 岁时，与吏部侍郎

州（今属山东）赵氏故里，屏居乡里10年以上。大约在宣和三年（1121），赵明诚又重新出仕。这一时期，他们开始编写《金石录》，并继续搜集古物、碑铭，一同鉴赏、考订，在学术上取得了很大的成绩。靖康元年（1126），金人围攻汴京。次年，赵明诚母死于金陵，明诚携书15车南下奔丧。这一年北宋亡。高宗即位后，明诚起知建康府（今南京）。这时北方大乱，赵家青州故第10余屋的书册什物被焚。李清照只携小部分文物随人群逃难，从此开始了她在南方的苦难生活。

建炎二年（1128），李清照怀着国破家亡之痛南逃至建康。她极关心国家命运和当时的政治形势，对于南宋朝廷的苟且偷安表示极大不满。次年，赵明诚移知湖州（今属浙江），他驻家池州，只身驰赴建康受命，不幸病倒。

赵挺之幼子赵明诚结婚。婚后夫妻感情甚笃，明诚喜收藏金石碑刻、法帖字画，二人常质衣收购，相对展玩，考证校勘，以此为乐。约在崇宁二年（1103），赵明诚开始出仕，曾任鸿胪少卿。大观元年（1107），赵挺之死于京师，当时蔡京为左仆射，由于忌恨赵挺之而对赵家进行诬陷，追夺他的官职。赵明诚弟兄可能即因此而失官。李清照便和赵明诚回到青当清照从池州乘舟赶到建康时，明诚已经病危，不久死去。这时金兵又大举南侵，建康形势紧急，朝廷已开始疏散、逃亡。李清照派人先将书册、金石刻送往洪州（今江西南昌），准备去那里投奔赵明诚的妹丈。但洪州又失陷，道路不通，大部分文物在战乱中散失。为避诬陷，她将家中所有的铜器等物进献朝廷，并随高宗逃难的路线辗转避乱，孤独一身，漂泊各地，境况极其悲惨。但她一直关心国家大事，并且一直在从事文学创作和学术活动。

文学成就 李清照工诗能文，更擅长词。从艺术成就上看，她的词超过了诗和文。她的创作与她在北宋末和南宋初的生活变化相应，也呈现出前后期的不同特点。

李清照早期所写的《词论》提出了一系列词的理论问题。要求"词别是一家"，词的格律要求与诗不同，"稍不如格，便成龃龉"。认为词的音律要求高于诗，"诗分平仄，而歌词分五音，又分五声，又分六律，又分清浊轻重"。她历评诸家得失，非常尖刻，贬多于褒，几乎对所有词人都不满意。如她虽肯定柳永"变旧声作新声""协音律"，却尖锐指责他"辞语尘下"；认为张先、宋祁"虽时有妙语，而破碎何足名家"；晏殊、欧阳修、苏轼虽"学际天人"，但歌词"皆句读不葺之诗尔，又往往不协音律"。

从她北宋末创作的为数不多的诗、文中可以看出，她的生活领域和精神境界比封建社会一般女子宽阔。如主张吸取唐王朝天宝之乱的历史教训，表达对官场庸俗生活的厌恶等。总之，她前期的诗、文讲历史，谈世事，论文艺，题材范围比较宽广。

李清照前期的词比较真实地反映了她的闺中生活和思想感情，题材集中于写自然风光和离别相思。如〔如梦令〕二首，活泼秀丽，语新意隽。〔凤凰台上忆吹箫〕〔一剪梅〕〔醉花阴〕等词，通过描绘孤独生活和抒发相思之情，表达了对丈夫的深厚感情，婉转曲折，清俊疏朗。〔蝶恋花〕《晚止昌乐馆寄姊妹》写对女伴们的留恋，感情也极其真挚。她的词虽多是描写寂寞的生活，抒发忧郁的感情，但从中往往可以看到她对大自然的热爱，也坦率地表露出她对美好爱情生活的追求。这出自一个女作家之手，比起《花间集》代言体的闺怨词来要有价值得多。王灼说：李清照"作长短句，能曲折尽人意，轻巧尖新，姿态百出。间巷荒淫之语，肆意落笔。自古缙绅之家能文妇女，未见如此无顾籍也"（《碧鸡漫志》卷二）。这种批评正说明了李清照词敢于冲破封建伦理。

到南宋初，李清照的作品出现了比较明显的变化。她的诗文的思想性提高了，表现出密切关怀国家命运的高度爱国精神。如《咏史》诗和《夏日绝句》，通过对嵇康"至死薄殷周"、项羽"不肯过江东"的行为的赞扬，批判了伪楚政权，指责了

山东济南李清照纪念馆

统治集团的屈辱投降政策，表达了自己坚持民族气节的决心。这一时期她创作的很多诗、文都是针对时事发表自己的意见的，具有很强的现实性。

李清照南渡后的词和前期相比也迥然不同。国破家亡后政治上的风险和个人生活的种种悲惨遭遇，使她的精神很痛苦，因而她的词作一变早年的清丽、明快，而充满了凄凉、低沉之音，主要是抒发伤时念旧和怀乡悼亡的情感，将过去的美好生活和今日的凄凉憔悴做对比，寄托了故国之思。词中还充分地表达了自己在孤独生活中的浓重哀愁，如〔武陵春〕中"物是人非事事休"的感慨，〔声声慢〕中"寻寻觅觅，冷冷清清，凄凄惨惨戚戚"的处境，都表达了自己难以克制、无法形容的哀愁。又如〔清平乐〕中"今年海角天涯，萧萧两鬓生

华"的悲伤，〔孤雁儿〕中的悼亡情绪，都是在国破家亡、孤苦凄惨的生活基础上产生的，所以她的这部分词作正是对那个时代的苦难和个人不幸命运的艺术概括。

李清照词的艺术成就很高，在文学史上占有重要地位。她的《词论》极重视词的特殊格调和格律，所以能够独辟门径，在丰富词的表现手法上做出了突出贡献。李清照是抒情的能手，她创作了不少优秀的抒情词，真实地反映了自己的闺中生活和流落异乡的思想情感。她巧于构思，常常选取一些生活片段写入词中，极具体、细致地展现自己的内心世界。如〔武陵春〕通过"也拟泛轻舟"和"只恐双溪舴艋舟，载不动许多愁"的矛盾，来表现自己的痛苦处境。她又善于运用白描手法，通过写具体的行动或事物，将抽象的内心活动形象化，如〔永遇

乐〕中以"向帘儿底下，听人笑语"写自己情怀之恶；〔一剪梅〕以"才下眉头，却上心头"的情状来写相思之深。她的抒情既委婉含蓄，又极真实自然，毫无矫揉造作的毛病。她的词风以婉约为主，但也偶有豪放之作，像〔渔家傲〕"天接云涛连晓雾"，即被称赞为"浑成大雅，无一毫钗粉气"（黄了翁《蓼园词选》）。

李清照词的语言更是独具特色，优美、精巧，却不雕琢。她在遣词造句上很有创造性，像她笔下的花树是"宠柳娇花""绿肥红瘦"；天气是"浓烟暗雨""风柔日薄"；又以"黄花瘦"比人，都十分新颖、清丽。她还常常以方言口语入词，如"甚霎儿晴，霎儿雨，霎儿风"，"守著窗儿，独自怎生得黑"，信手拈来，便增添了许多新鲜生动的情味，正像彭孙遹所说："用浅俗之语发清新之思"（《金粟词话》）。这种语言对于北宋末期华贵典雅的词风无疑是一种冲击。李清照的词富有音乐美，她极注意"分五音，又

分五声，又分六律，又分清浊轻重"（《词论》）。还讲究舌、齿音的交错和叠字的连续运用，像〔声声慢〕的开头一连用了14个叠字，其独创性为历来评论者所盛赞。李清照的词被称为"易安体"，从南宋起就不断有人学习和效仿。

作品集 李清照的文集在当时就曾刻印行世。《直斋书录解题》载《漱玉集》1卷、"别本"5卷。黄昇《花庵词选》称有《漱玉词》3卷。《宋史·艺文志》载有《易安居士文集》7卷、《易安词》6卷，都已失传。现存的诗文及词集是后人所辑。四印斋本有《漱玉词》1卷，李文裿编的《漱玉集》5卷，辑录的作品最多。但其中所收词多有赝品。近人赵万里《校辑宋金元人词》中的《漱玉词》收有60首。今人孔凡礼《全宋词补遗》中有新发现的李清照词。今人整理本有人民文学出版社1979年出版的王仲闻《李清照集校注》（1997年有重印本）和齐鲁书社1981年出版的黄墨谷《重辑李清照集》。

张孝祥

中国南宋词人。字安国，号于湖居士。历阳乌江（今安徽和县东北）人。少年颖悟，博闻强记，下笔顷刻数千言。绍兴二十四年（1154）进士，高宗因其词翰俱美，擢为第一，退秦桧之孙埙为第三，大忤秦桧。又上疏为岳飞辩冤，授签书镇东军节度判官。二十五年，召为秘书省正字，迁校书郎。二十七年，迁秘书郎、著作郎，累迁起居舍人、权中书舍人，为御史中丞汪澈劾罢。寻起知抚州。孝宗即位，知平江府。张浚北伐，荐除中书舍人，迁直学士院兼都督府参赞军事，兼领建康留守。宋军符离溃败，被劾落职。汤思退罢，起知静江府兼广南西路经略安抚使，复以言者罢。起知泽州，权荆湖南路提点刑狱，迁知荆南、荆湖北路安抚使，所历皆有政绩。乾道五年（1169），因疾以显谟阁直学士致仕，退居芜湖，徜徉山水。同年六月卒。

张孝祥所处时代，正值主战主和两派斗争激烈之际，他力主抗金，力主除积弊，裁冗官，明赏罚，求实才，强调“专图国事，尽去私心”，“必须同心协力而后可以成功”（《与李太尉显忠书》）。所作诗文词，都围绕这一抗金主旨。谢尧仁称赞他的文章“如大海之起涛澜，泰山之腾云气，倏散倏聚，倏明倏暗，虽千变万化，未易诘其端而寻其所穷”（《张于湖先生集序》）。

他的诗歌多赠答、题咏和纪行之作，不

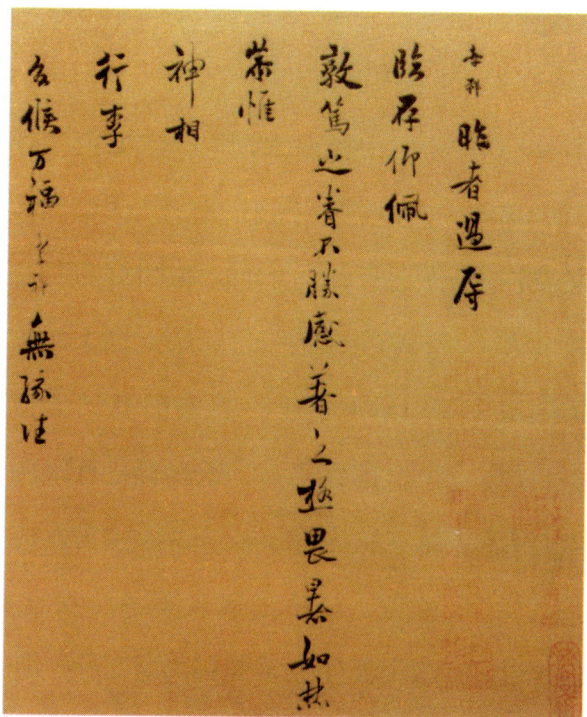

张孝祥行书临存帖页

少篇章都能于写景叙事之中流露出对国家命运和人民生活的深切关怀，如"艰难念时事，留滞岂身谋"（《黄州》）、"只今斗米钱数百，更说流民心欲折"（《和沈教授子寿赋雪》）等。他写诗有意学习苏轼，韩元吉称赞他"清婉而俊逸"，"其欢愉感慨莫不发于诗，好事者称叹以为殆不可及"（《张安国诗集序》）。

他的诗、文的整体成就不及其词。其词充满爱国热情，"我欲乘风去，击楫誓中流"（〔水调歌头〕《和庞佑父》）、"休遣沙场虏骑，尚余匹马空还"（〔木兰花〕）等，直抒壮志豪情，令人振奋。代表作〔六州歌头〕"长淮望断"一阕，将敌军猖獗、朝廷怯懦、壮志难酬与故老盼归等情事融合一处，作了淋漓尽致的渲染，无怪张浚听罢此词即悲痛罢席（《说郛》引《朝野遗记》），陈廷焯也认为这首词"淋漓痛快，笔饱墨酣，读之令人起舞"（《白雨斋词话》卷六）。由于他屡遭排挤，倦游湖海，故集中也不乏感怀身世之作。如〔六州歌头〕、〔水调歌头〕《垂虹亭》等抒写报国无路的悲愤，〔浣溪沙〕"已是人间不系舟"、〔西江月〕《丹阳湖》对仕途蹭蹬的自我解嘲，〔水调歌头〕《过岳阳楼作》、〔水调歌头〕《泛湘江》则借屈原放黜而抒发怀才不遇的感慨。在种种烦扰之中，作者常借隐逸、游仙来求得超脱，〔念奴娇〕《过洞庭》便是在禅趣中寻求超世间大快乐的杰作。张孝祥词的风格兼有沉雄与旷放俊逸之美。查礼称"于湖词声律宏迈，音节振拔，气雄而调雅，意缓而语峭"（《铜鼓书堂遗稿》）。故所作往往不斤斤于一字一句的奇警，而着眼于通篇的气韵，在前代词人中，最近苏轼，在后来词人中，对辛

弃疾一派的影响最大也最为直接。孝祥亦工书法，尤长篆书、大字。

张孝祥的文集在宋代即有数种刊本行世。今传《于湖居士文集》40卷，有《四部丛刊》影宋本，其中收词4卷。又有《宋六十名家词》本《于湖词》3卷。1980年上海古籍出版社出版有《于湖居士集》校点本，1993年黄山书社出版有《张孝祥词笺校》。张孝祥经历参见郭齐《张孝祥卒年确考》（2002）。

辛弃疾

中国南宋词人。原字坦夫，改字幼安，别号稼轩居士。历城（在今山东济南）人。

生平 辛弃疾出生前13年，北宋灭亡，中原被金人占领。祖父辛赞为家计所累，曾出仕于金，任亳州谯县令。父文郁早亡，幼年即随祖父在谯县任所读书，曾受业于亳州刘瞻。瞻能诗，在金曾任史馆编修，门生众多，其中最优秀者有辛弃疾及党怀英，二人才华相当，并称"辛党"。后党怀英在金贵显，辛弃疾走上了抗金的道路。高宗绍兴三十一年（1161），金主完颜亮大举南下，弃疾聚众两千投奔山东农民义军领袖耿京，任掌书记。归附耿京的僧人义端窃印潜逃，弃疾追斩其首。次年初，奉耿京之命至建康与南宋朝廷联络抗金事宜，归途中闻耿京被叛徒张安国等攻杀，即率五十骑直趋济州，于五万金兵中缚张安国南下献俘，斩首建康，深为高宗赵构所赞叹。南归后，任江阴签判。孝宗乾道元年（1165），奏进《美芹十论》；六年，作《九议》上宰相虞允文，经论世事，但他的意见不被采纳。在此期间，历任建康通判、司农寺主簿。乾道八年春，出知滁州。此后 10 年间，辛弃疾历任江西提点刑狱及湖北、湖南、江西安抚使等职，多次平息农民暴动。淳熙八年（1181）因改革整顿举措被革职。自淳熙九年至嘉泰二年（1182—1202），曾一度出任福建安抚，其余时间均罢官闲居，先居上饶，后迁铅山。嘉泰三年（1203）夏，起知绍兴府兼浙东安抚使。次年正月，差知镇江府。开禧元年（1205）夏复罢官归铅山。三年秋抱恨以殁，享年 68 岁。

文学创作　弃疾兼擅诗文词，而以词的成就为最高。前人多用以文为词来慨括辛词的特征。所谓以文为词，从语言上讲，是指词的散文化；从内容上看，就是指打破了“诗言志，词言情”的传统藩篱，诗的内容几乎是无所不包的，辛词的内容也几乎是无所不包的。辛弃疾经常用词抒写激昂排宕、不可一世的气概和壮志难酬、仕途多艰的烦恼，充满了理想同现实的矛盾。辛弃疾以统一天下为己任，“以气节自负，以功业自许”（范开《稼轩词序》），他的词充满了家国之忧，半壁河山沦陷之恨：“西北望长安，可怜无数山”（〔菩萨蛮〕《书江西造口

壁》)。他恨大臣以清谈误国，朝廷没有可以倚重之人："渡江天马南来，几人真是经纶手？"（〔水龙吟〕《甲辰罗寿韩南涧尚书》）；他恨主和派压抑抗敌志士，使他们不能发挥作用："不念英雄江左老，用之可以尊中国……且置请缨封万户，竟须卖剑买黄犊"（〔满江红〕）。自己也只能以平戎策换种树书："追往事，谈今吾，春风不染白髭须。却将万字平戎策，换取东家种树书"（〔鹧鸪天〕"壮岁旌旗拥万夫"）。他常以收复失地，统一祖国来勉励自己："醉里挑灯看剑，梦回吹角连营。八百里分麾下炙，五十弦翻塞外声。沙场秋点兵"（〔破阵子〕"醉里挑灯看剑"）；"举头西北浮云，

倚天万里须长剑"（〔水龙吟〕《登建康赏心亭》）；"男儿到死心如铁，看试手，补天裂"（〔贺新郎〕）。即使当权者把他长期放闲，他仍期望为国效劳："江南游子，把吴钩看了，无人会，登临意"（〔水龙吟〕）；"凭谁问，廉颇老矣，尚能饭否"（〔永遇乐〕）。辛词中有不少祝寿、送别、唱和词，虽也有应酬之作，但多数是希望对方能为国立功："千古风流正在此，万里功名莫放休，君王三百州"（〔破阵子〕《为范南伯寿》）；

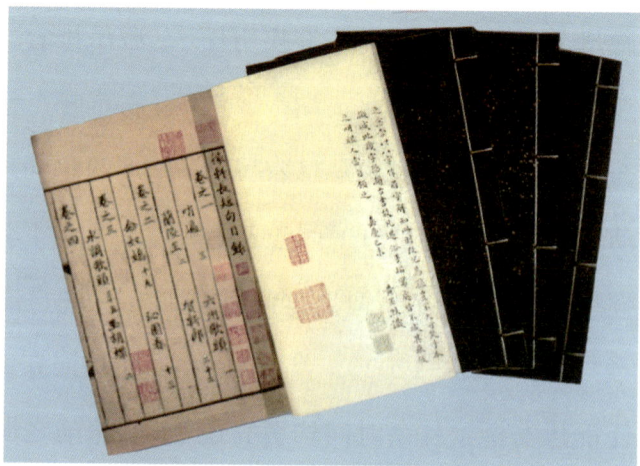

《稼轩长短句》（元大德三年广信书院刻本）

"袖里珍奇光五色，他年要补天西北。且归来，谈笑护长江，波澄碧"（〔满江红〕《建康史帅致道席上赋》）。

辛弃疾"一生不负溪山债"，"万壑千岩归健笔"，写下了不少记游词，歌颂祖国的大好河山。写杭州飞来峰冷泉亭云的（〔满江红〕《题冷泉亭》），写钱塘江潮的（〔摸鱼儿〕《观潮上叶丞相》），写上饶南崖的（〔满江红〕《游南崖，和范廓之》）等。

描绘朴实的农村风光是辛词的另一内容，有春日的柔桑、幼蚕、鸣鸡、寒鸦："陌上柔桑破嫩芽，东邻蚕种已生些。平冈细草鸣黄犊，斜日寒林点暮鸦"（〔鹧鸪天〕《代人作》）；有夏夜的稻香、鸣蝉、蛙声："明月别枝惊鹊，清风半夜鸣蝉。稻花香里说丰年，听取蛙声一片"（〔西江月〕《夜行黄沙道中》）；有争言丰收的农村

父老、热情好客的野老："被野老、相扶入东园，枇杷熟"（〔满江红〕《山居即事》）；有翁媪的软语吴音（〔清平乐〕《村居》）；有农村娶妇嫁女的热闹场面（〔鹊桥仙〕《山行书所见》）；有听到稚子啼哭，就不顾行人爱慕目光而匆匆归去的浣纱少妇（〔清平乐〕《博山道中即事》）；有调皮可爱的儿童（〔清平乐〕《村居》）。

辛弃疾也喜欢写咏物词。对牡丹、水仙、茉莉、杜鹃花、梅花、荷花、山茶、荼蘼、美人草、鹭鸶、雪等无一不咏。辛词所咏之物比苏轼还多。

豪放二字既可形容苏、辛词风之同，同属豪放词派；也可形容苏、辛词风之异，苏放辛豪："东坡之词旷，稼轩之词豪"（王国维《人间词话》）。谭献《复堂词话》认为："东坡是衣冠伟人，稼轩则弓刀游侠。"如果以李、杜

比苏、辛，则苏似李白，辛似杜甫。如果以仙人比苏、辛，则苏似仙境，辛属人境，王鹏运《半塘老人遗稿》云："词家苏、辛并称，其实辛犹人境也，苏其殆仙乎"；苏词飘逸、旷达、超脱、清新、雄放，辛词则沉郁、苍凉、悲壮、豪放。

辛弃疾词善于驾驭词调，无论是篇幅短窄、形式格律接近于声诗的令曲小词，或者是格式多变的长词慢调；也无论以赋体、诗体入词，或者"以古文长篇法行之"（谭献《复堂词话》），都能纵横而又谨严，各得其宜，表现

江西铅山辛弃疾墓（江西铅山县博物馆供稿）

出非凡的才能。在大量的用典、用事上，辛弃疾也有特殊的造诣，所谓"驱使庄、骚、经、史，无一点斧凿痕，笔力甚峭"（楼敬思《词林纪事》卷十一引），"用事最多，然圆转流丽，不为事所使，称是妙手"（陈霆《渚山堂词话》卷二）。他善于以传统诗、文的手法运用于词，使词这种文学样式发挥了与诗、文同等的社会功能。他在艺术上的造诣，使其歌词形成独特的风格，形成了"稼轩体"，在南宋词坛上独树一帜。其词继承并发扬光大了苏轼开创的豪放词风，在后来形成了以刘过、刘克庄、刘辰翁等为代表的豪放词派。直至清代的陈其年、郑燮、蒋士铨、况周颐等人，都深受其影响。他的某些词作虽议论化、散文化过重，缺乏具体形象，堆砌典故，有"掉书袋"之弊，但从整体看，辛弃疾对于词的疆界

的进一步开拓，对于词的艺术表现所做的贡献，却是有大功于词苑的。

辛弃疾的诗现存130余首，从各个不同的侧面，反映了作者的生活和思想情感，或写政治遭遇，或写英雄失意，他的诗风格俊逸，在当时"江西""江湖"两派之外，自有掉臂独行之致。但其诗作成就，无法与词相比拟。

辛弃疾的文，除几篇启札和祭文外，多为奏疏。这类奏疏，在一定程度上揭示了当时所存在的尖锐的民族矛盾和阶级矛盾，较为深刻地反映了社会现实，并系统地陈述了辛弃疾对于抗金、恢复事业的见解及谋略，充分体现了他经纶天下的"英雄之才"和"刚大之气"。文学史上，辛弃疾虽不以诗、文名世，但是他在诗、文创作上所达到的成就是不可忽视的。

作品集及其版本　辛弃疾词自来传诵极广，宋时已有多种刻本。宋刻《稼轩词》之4卷本及12卷本，在当时最为通行，现存各种刻本皆源于此。4卷本，有汲古阁影宋抄本、《宋名家词》本、《四库全书》本、《中国文学珍本丛书》本、《影刊宋金元明本词四十种》本；12卷本，有元大德三年广信书院刊本（藏于中国国家图书馆）、《四印斋所刻词》本、吴氏石莲庵刻山左人词本。1975年，上海人民出版社以大德本为底本，同涵芬楼影印汲古阁影抄4卷本《稼轩词》等进行对校、标点，整理出版了《稼轩长短句》。今人校注本有中华书局1962年出版邓广铭的《稼轩词编年笺注》（1993年上海古籍出版社再版）。诗文的收集整理本有上海古典文学出版社1957年出版邓广铭的《辛稼轩诗文钞存》。

姜夔

中国南宋词人、诗人。字尧章。人称白石道人。饶州鄱阳（今属江西）人。姜夔早岁孤贫，依姊居于汉川（今属湖北）。孝宗淳熙十三年（1186）南游长沙，浮湘江，登衡山，赴吴兴，居苕溪白石洞天附近，自号白石道人。中年以后，长居临安（今杭州），

来往江、浙、赣、皖。早年从学于萧德藻，德藻赏识其才，以兄女妻之。后又与范成大、杨万里、尤袤、辛弃疾、楼钥、叶适、京镗等交游。庆元间，上《大乐议》《圣宋铙歌鼓吹曲》。

姜夔为人狷洁清高，"襟怀洒落如晋、宋间人"（陈郁《藏一话腴》内编卷下）。在诗、词、文、诗歌理论等方面均有卓著贡献，而以词成就最高。其词多写羁旅之愁、身世之感与惜别之情，如〔一萼红〕"古城阴"、〔八归〕《湘中送胡德华》、〔玲珑四犯〕《越中岁暮闻箫鼓感怀》等，皆能融情于景，情景交融。其怀念合肥旧欢之作如〔踏莎行〕"燕燕轻盈"、〔长亭怨慢〕"渐吹尽枝头香絮"、〔鹧鸪天〕"肥水东流无尽期"等，尤情真意切，尽出胸臆。姜夔工于咏物，其咏蟋蟀的〔齐天乐〕，咏梅的〔暗香〕"旧时月

色"、〔疏影〕"苔枝缀玉"均为后世所传诵。咏叹时事以〔扬州慢〕"淮左名都"、〔永遇乐〕"云鬲迷楼"为最有名，前者写金兵南侵后扬州的荒凉，后者抒发澄清中原的大志。怀古之作〔点绛唇〕"雁燕无心"、写景之作〔念奴娇〕"闹红一舸"等，也皆脍炙人口。张炎用"清空"二字概括白石词格，说"如野云孤飞，去留无迹"（《词源》）。姜夔词风神潇洒，意度高远，仿佛有一种冷香逸气，令人挹之无尽；色泽素淡幽远，简洁淳雅，能给人以隐香清虚之感；笔力疏峻跌宕，言情体物，善用健笔隽句，造成刚劲峭拔之风。姜夔精通乐律，集中多有自制之曲，其中17首自注工尺旁谱，是研究宋代词乐的珍贵资料。姜夔生前盛负词名，黄昇《花庵词选》认为他"不减清真，其高处有美成所不能及"，对后世影响很大，清代浙西派领袖朱彝尊、厉鹗等人对他尤为推崇。

姜夔散文成就主要在于词序，如〔扬州慢〕〔湘月〕〔念奴娇〕等词的小序，皆短小精致，清峻高远，但内容常与词意重复。

姜夔诗在当时很著名，尤擅七绝，格调高秀，饶有神韵。《除夜自石湖归苕溪》十绝句最为杨万里所称道，称其有"裁云缝雾之妙思，敲金戛玉之奇声"（见陈振孙《直斋书录解题》卷二十）。其诗早年从江西诗派入手，后来受尤袤、杨万里等人影响，转而取法晚唐陆龟蒙、皮日休。

他的《白石道人诗说》与《白石道人诗集自序》，集中反映了他的诗歌埋论，是他出入江西诗派的创作经验总结。《诗说》论述范围较广，提出了气象、体面、血脉、韵度、布置、精思、用事、活法、含蓄、意格、句法、高妙

等一系列范畴和法则。其《自序》自述学黄庭坚的弊病后，主张作诗应"不求与古人合而不能不合，不求与古人异而不能不异"，成为"余之诗，余之诗耳"。

著有《白石道人诗集》《白石道人歌曲》，有《四部丛刊》本，《白石诗说》（《白石道人诗说》）附刻集后。1959年人民文学出版社出版有夏承焘校辑《白石诗词集》，1986年山西人民出版社出版有孙玄常《姜白石诗集笺注》。《白石道人歌曲》6卷、歌词别集1卷，有《彊村丛书》本，1961年中华书局出版有夏承焘《姜白石词编年笺校》，1987年四川人民出版社出版有排印本。《续书谱》有明刻本、《丛书集成》本，《绛帖平》有明抄本、《四库全书》本。

高观国

南宋词人。字宾王，号竹屋。山阴（今浙江绍兴）人。生卒年不详。生活于南宋中期，年代约与姜夔相近。从其作品中看不出有仕宦的痕迹，大约是一位以填词为业的吟社中人。

高观国的词作，句琢字炼，格律谨严。继承了周邦彦的传统，同时也受到"体制高雅"的姜夔词风的影响，所以又被称为姜夔的羽翼（汪森《词综》序）。他同史达祖交谊厚密，叠相唱和。竹屋、梅溪，一时并称。陈造在高观国的词集《竹屋痴语》序中说："其与史邦卿皆周秦之词，所作要是不经人道语。其妙处少游（秦观）、美成

（周邦彦），若唐诸公亦未及也。"（《中兴以来绝妙词选》）张炎在《词源》中也说："秦少游、高竹屋、姜白石、史邦卿、吴梦窗此数家格律不侔，句法挺异。俱能特立清新之意，删削靡曼之词，自成一家，各名于世。"可见对高观国的词历来评价甚高。其词如"岸花香到舞衣边，汀草色分歌扇底"（〔玉楼春〕），有柳敧花弹的风致。又如"开遍西湖春意烂，算群花，正作江山梦。吟思怯，暮云重"（〔贺新郎〕《赋梅》），亦清隽可喜。不过他有的作品，如"古驿烟寒，幽垣梦冷，应念秦楼十二"（〔齐天乐〕《中秋夜怀梅溪》），未免勾勒太露，失于浅薄。冯煦所云"竹屋精实有余，超逸不足"的情况，也确实是存在的。

高观国词作仅存《竹屋痴语》1卷，收词108首，收入《彊村丛书》中。

吴文英

中国南宋词人。字君特，号梦窗，晚又号觉翁。四明（今浙江宁波）人。本姓翁，出继吴氏，与翁元龙、逢龙为亲兄弟。吴文英毕生不仕，以布衣出入侯门，充当幕僚。绍定间，游幕于苏州转运使署，为常平仓司门客，与施枢、吴潜、冯去非、沈义父等交游。置家于瓜泾萧寺，地邻太湖，号荷塘小隐。淳祐间往来苏杭，先后游于尹焕、吴潜、史宅之、贾似道之幕，与四人皆有酬答，又与方万里、孙惟信、魏峻、姜夔等交游。景定元年（1260），居绍兴，寄食于荣王赵与芮府中。潦倒终身，晚年困踬以死。

吴文英以词著名，知音律，能自度曲。他论词以周邦彦为宗，尝与沈义父讲论"作词四标准"，谓"音律欲其协，不协则成长短之诗；下字欲其雅，不雅则近乎缠令之体；用字不可太露，露则直突而无深长之味；发意不可太高，高则狂怪而失柔婉之意"（蔡桢《乐府指迷笺释》）。其词师承周邦彦，又受姜夔影响，多用周、姜自度曲，也能自创新调。他的词题材较狭窄，多咏物、节令、祝寿、分韵、和韵之作，也有深于感慨、殷念国运的作品，如晚年所作"战舰东风悭借便，梦断神州故里"（〔金缕歌〕）、"贾傅才高，岳家军壮，好勒燕然石上文"（〔沁园春〕），但毕竟只是少数。在梦窗词中，占主要地位的是那种莺啼燕啭、缠绵悱恻的作品。他对词的贡献主要在艺术技巧方面，以讲究字面、烹炼词句、措意深雅、守律精严为基本特征。他用笔幽邃而绵密，脉络井然，章法多变，情思婉转曲折。集中优秀之作如〔渡江云〕《西湖清明》、〔夜合花〕《自鹤江入京泊葑门有感》、〔齐天乐〕"烟波桃叶西陵路"、〔莺啼序〕"残寒政欺病酒"、〔风入松〕"听风听雨过清明"等。他着意追求奇逸警耸的艺术境界，如"倒照秦眉天镜古，秋明白鹭双飞处"（〔蝶恋花〕）、"飞红若到西湖底，搅翠澜，总是愁鱼"（〔高阳台〕《丰乐楼分韵得如字》）、"歌边拌取，醉魂和梦，化作梅边瘦"（〔青玉案〕）等，其幽奇生新的作风，显然得之于李贺诗。但他能根据不同题材，用不同的风格和手法来表现特定的内容，如"连呼酒，上琴台去，秋与云平"（〔八声甘州〕"渺空烟，四远是何年"），抒情境界雄阔高远与豪放词并无二致。

吴文英在丰富词体方面，也有一定贡献。他精通乐理，自度了许多新调，如〔古香慢〕〔霜花腴〕〔玉京谣〕〔莺啼序〕等。〔莺啼序〕分四片，长达240字，为词中最长的调。词成之时，正值杭州丰乐楼新成，吴文英将它书于楼壁之上，一时传遍。

对于梦窗词的评价，历来分歧很大。南宋尹焕把他尊为南宋第一大家，清人周济将他列为宋词四大家之一，而后朱祖谋专主梦窗，俨然将他尊为宋词之首，这些都是不切实际的过誉。而力主"清空"的张炎则批评说："吴梦窗词如七宝楼台，炫人眼目，碎拆下来，不成片段。"（《词源》卷下）将梦窗词一概抹杀，也失之片面。沈义父的看法较为持平："梦窗深得清真之妙，其失在用事下语太晦处，人不可晓。"（《乐府指迷》）总之，吴文英词法颇有可取，其开创流派之功不可没。然而他过于追求形式技巧，藻饰太甚，确有晦涩堆砌之弊，其消极影响也是毋庸讳言的。

其词集现存《梦窗甲乙丙丁稿》4卷、补遗1卷，收入《宋六十名家词》；又有朱祖谋校补《梦窗词集》，刻入《彊村遗书》。今人整理本有广东人民出版社1992年出版的陈邦彦、张奇慧《吴梦窗词笺释》。

元好问

中国金代作家、史学家。字裕之，号遗山。太原秀容（今山西忻州）人。系出北朝魏鲜卑族贵族拓跋氏，为唐诗人元结后裔。生父元德明累举不第，放浪山水间，喜爱杜诗，推崇苏、黄。继父元格官掖县（今莱州）、冀州、陵川、略阳等地，常携好问赴任。

生平 11岁，从其叔父官于冀州。14岁，叔父为陵川令，从陵川郝晋卿学，淹贯经传百家，六年而业成。郝主张"读书不为艺文，选官不为利养"（《郝先生墓铭》），对元好问的成长起了良好作用。从22岁起，元好问开始经历家国的忧患，宣宗贞祐二年

（1214），蒙古军攻陷秀容城，好问之兄被杀，他避兵邻县阳曲北山得免。四年夏，他见金已无守御能力，便携家仓皇渡河，寓居福昌三乡（今河南省宜阳县三乡镇）。蒙古兵退，家居读书，辑前人诗文评论为一编，名《锦机》（已佚）。兴定五年（1221）进士及第，不就选。哀宗正大元年（1224）中博学宏词科，授儒林郎、充国史院编修。次年夏，还居嵩山，撰《杜诗学》1卷（已佚）。后数年，历官镇平、内乡、南阳县令。这一时期诗中反映现实之作日多，又研究苏轼诗，撰成《东坡诗雅》3卷（已佚）。八年秋，蒙古军包围汴京前夕受诏入都。天兴元年（1232），困居围城，任尚书省掾、左司都事。二年正月，京城陷。夏五月，元好问在乱离中携友人幼子白朴，随被俘官民北渡黄河，被羁管于聊

城（今属山东）。三年，金亡，不再仕。此后20余年，他除编成《东坡乐府集选》（已佚）和《唐诗鼓吹》外，主要致力于保存金代文化，纂成金诗总集《中州集》10卷、金词总集《中州乐府》（附《中州集》之后）、《壬辰杂编》（已佚）、《金源君臣言行录》百余万言（已佚），还有《诗文自警》10卷（已佚，明瞿佑《归田诗话》有征引）。又有《续夷坚志》4卷，今传。元宪宗七年（1257）九月，卒于获鹿（今河北鹿泉）寓舍。

文艺评论 元好问的文艺评论涉及诗、词、古文等文体，具见于《锦机引》《论诗绝句三十首》《杜诗学引》《东坡诗雅引》《杨叔能小亨集引》《新轩乐府引》等。其中以《论诗绝句三十首》最有代表性，是诗论史上的名作。这组论诗绝句上承杜甫《戏为六绝句》和稍前王若虚《论诗诗》的形式，在对建安以来的诗派、诗人、作品品评臧否的同时，阐明了自己对诗歌的正面看法。他反对为文造情、闭门觅句、斗靡夸多，提倡写真景，抒真情。批评潘岳"心画心声总失真，文章宁复见为人"，称美陶潜"一语天然万古新，豪华落尽见真淳"。标举建安的优良传统，认为好诗应当真淳自然，推崇雄健豪迈的风格，反对模拟因袭，批评绮靡纤丽的诗风。元好问论诗强调内容，同时也重视艺术成就和作家的品德，能从大处着眼而不流于褊急。他肯定曹植、刘桢、陶渊明、谢灵运、杜甫、韩愈，而于李商隐、苏轼、黄庭坚也有比较公允的褒贬。他反对俳谐怒骂的怨刺诗，重视"温柔敦厚，蔼然仁义之言"（《杨叔能小亨集引》），说明他未能摆脱传统诗教的影响。

文学创作 元好问涉足诗、词、文、散曲和笔记小说各个领域，而以诗歌成就最高。诗多伤时感事之作，风格沉郁，奇崛而绝雕剽，巧缛而谢绮丽。五言高古沉郁，七言乐府不用古题，特出新意。歌谣慷慨，挟幽、并之气。他早年的诗作已开始形成独特风格，下太行，渡大河，为《箕山》《琴台》等诗，慷慨悲歌，赵秉文见之，以为少陵以来无此作，于是名震京师，被人目为元才子。自29岁移家登封起至金朝灭亡的17年，是他诗歌创作的丰收时期，他把金王朝从兴盛到走向灭亡过程中的一切感受皆寓于诗。金朝灭亡后，他过着遗民生活，诗风亦为之一变。他遍游名山大川，写下了大量的山水诗与唱和诗，其中一些长篇巨制，如《游黄华山》《游龙山》《泛舟大明湖》等，开创了元好问诗的新境界。其诗题材多样，内容丰富。反映金元之际人民所受天灾人祸之苦，真实具体，富有感染力，奠定了他在文学史上的地位。有的写汴京沦陷前蒙古对金战争的残酷："野蔓有情萦战骨，残阳何意照空城！"（《歧阳》）"高原水出山河改，战地风来草木腥。"（《壬辰十二月车驾东狩后即事》）有的写亡国的惨状："道傍僵卧满累囚，过去毡车似水流。红粉哭随回鹘马，为谁一步一回头！"（《癸巳五月三日北渡》）这些诗广泛而深刻地反映了国破家亡的现实，具有史诗的意义。他的写景诗生活气息浓郁，能表现祖国山川之美，名句如"寒波淡淡起，白鸟悠悠下"（《颍亭留别》），境界优美，脍炙人口。元好问工于七古、七律和绝句，兴象深邃，风格遒上，无江湖诸人轻易油滑之习，亦无江西派生拗粗犷之失。

元好问词为金朝一代之冠，足与两宋词家并比。其词今存377首，反映了多方面的社会生活。〔木兰花慢〕"拥都门冠盖"、〔临江仙〕"世事悠悠天不管"、〔鹧鸪天〕"只近浮名不近情"等堪称"丧乱词"。元好问词中也有以写景见长的，如〔水调歌头〕《赋三门津》等，可与《游黄华山》诸诗比美。元好问词中还有一些写爱情的名篇，如〔水调歌头〕、〔江梅引〕"墙头红杏粉光匀"、〔小重山〕"酒冷灯青夜不眠"等，它们或歌颂忠贞的爱情，或写殉情的悲剧，或写夫妇离别之苦，都是难得的好词。此外，作者还有咏怀、吊古、送别、咏物、射猎、边塞词，其题材之广泛，为古代许多词人所不及。在艺术上，元好问以苏、辛为典范，并吸取各家之长，因而兼有婉约、豪放诸种风格。

元好问的散曲今存9首，其〔骤雨打新荷〕1首曾流行于当时。陶宗仪在《南村辍耕录》中说："〔小圣乐〕乃〔小石调〕曲，元遗山先生好问所制，而名姬多歌之，俗以为〔骤雨打新荷〕者是也。"足见其社会影响。

元好问文，众体悉备，他继承韩、欧传统，风格清新雄健，语言平易自然。名篇如《杜诗学引》《杨叔能小亨集引》《送秦中诸人引》《两山行记》《希颜墓铭》《答聪上人书》《题闲闲书赤壁赋后》等，论文、记游、叙事、评论书画，长短随意，各有特点。唯碑铭表志之作占去16卷，笔墨之间，"往往自蹈窠臼"（《鲁岩所学集》卷十二《书遗山集碑铭表志后》），是其小疵。

元好问的《续夷坚志》为笔记小说集，所记皆金泰和、贞祐间神怪故事。其《狐锯树》《包女

得嫁》和《戴十妻》等，为现存的金代优秀短篇小说。

作品集及其版本　其集有多种刊本，丛书本《元遗山全集》含诗文 40 卷，词和小说 4 卷，年谱 3 卷，有清光绪读书山房重刊本。诗文合刊本《元遗山文集》40 卷、附录 1 卷，有《四库全书》、《四部丛刊》本。诗集单行本《遗山先生诗集》20 卷，有明弘治李翰刊本、汲古阁本、潘是仁辑校本和清康熙华氏刊本、乾隆万氏刊本、道光京师刊本等。清施国祁《元遗山诗集笺注》14 卷、附录 1 卷、补载 1 卷，有四部备要本，1958 年人民文学出版社出版有校点本。词集《遗山乐府》有 1 卷、3 卷、4 卷、5 卷的不同，有百家词、影刊宋金元明本词、彊村丛书、遗山先生全集、宛委别藏、殷礼在斯堂丛书、石莲盦汇刻九金人集本。

周密

宋元间文学家。字公谨，号草窗，又号萧斋。先世居济南。宋室南渡，曾祖随高宗过江。因家吴兴，置业于弁山之阳。周密晚年遂号弁阳老人、弁阳啸翁。居临四水（雪溪之别称），亦号四水潜夫。父晋，字明叔，号啸斋，为富春县令，富于收藏，工诗词，尤深于文献故实。周密幼承家教，少以才俊见称，后以祖荫出任临安府幕职，监和剂局。景炎初（1276），迁义乌令。为元兵所逼，解职归里。不久，弁山家业毁于火。于是移居杭州，投靠姻亲杨大受。元兵入会稽（今浙江绍兴），胡僧杨连真伽发掘宋帝六陵，断残肢体，劫掠珍宝，大施暴虐。周密与王沂孙、唐珏等托物寄情，分咏莲、蝉、龙涎香诸物，以志悲愤。入元不仕，以保存故国文献自任。网罗采撷，著书数十种。今存于世者有《武林旧事》《齐东野语》《癸辛杂识》《浩然斋雅谈》《蘋洲渔笛谱》《草窗词》等多种。《齐东野语》多载南宋朝政，典实可稽，信而有征，可补史传阙文。《癸辛杂识》作于临安癸辛街新居，故以此命名。此书多载宋元间遗闻轶事，有关史实世风，足与《齐东野语》相表里。《武林旧事》则专记南宋都城临安掌故。材料丰富，见闻广博。这些著作都是宋代野史中的重要文献，为治史者所乐取。

在宋末词坛上，周密也是一位名家。他青年时代即从杨缵、张枢等老辈倚声家酬唱游处。杨缵著有《作词五要》，为一代声学大师。周密出其门下，于声律节度致力最勤，深得切磋之益。其早期作品〔木兰花慢〕《西湖十景》、〔采绿吟〕"采绿鸳鸯浦"等，俱清丽条畅，韵美声谐，深得前辈名家吴文英激赏，诩为"绝妙"之作。

中年以后，与王沂孙、陈允平、张炎等结为吟侣，命题限韵，时相吟和。随着入世渐深，国势危急，所作如〔拜星月慢〕"腻叶阴清"、〔秋霁〕"重到西泠"、〔三犯渡江云〕"冰溪空岁晚"、〔玉京秋〕"烟水阔"、〔瑶花慢〕"朱钿宝玦"等，皆情词凄切。

入元以后，词作绝少。从《绝妙好词》及《乐府补题》所收录的几篇来看，多为情绪低黯之作。如〔一萼红〕《登蓬莱阁有感》、〔法曲献仙音〕《吊雪香亭梅》、〔齐天乐〕《蝉》等，皆深于寄托。

周密的词，继承了周邦彦格律精严、圆融雅艳的词风，造句用意，十分矜慎，声律节度，辨析入微，是宋末格律词派的重要代表。

周密在《自铭》中说过："间作长短句，或谓似陈去非、姜尧章。"然而就其基本格调而言，仍以缜密为主，清空如姜夔者并不多见。实际上，他是探源于清真（周邦彦），变化于梦窗（吴文英）而自成家数的。戈载在《宋七家词选》中称其"尽洗靡曼，独标清丽，有韶秀之色，有绵渺之思，与梦窗旨趣相侔。二窗并称，允矣无忝"，指出了他与吴文英的关系。周密虽精通乐律而又善自度声腔，在词艺的发展上有一定贡献，然而其词往往"立意不高，取韵不远"（《宋四家词选·序论》），过多地追求格律的严谨与字句的精美，影响了内容的表达，有偏重形式的倾向。

所著《齐东野语》有涵芬楼铅印本，《癸辛杂识》有《学津讨原》本，《浩然斋雅谈》有《武英殿聚珍版书》本。词集《蘋洲渔笛谱》，收入《彊村丛书》，于传世各本中，堪称足本。别本有《草窗词》2卷，收词较滥。又编有南宋词选集《绝妙好词》，辑132家作品，有《四部备要》本、中华书局排印本。

刘辰翁

中国宋元间词人。字会孟，号须溪。庐陵（今江西吉安）人。幼年丧父，家贫力学。景定元年（1260）至临安，补太学生。理宗景定三年（1262）廷试对策，因触忤权倖贾似道，被置进士丙等，由是得鲠直之名。后因亲老，请为赣州濂溪书院山长。度宗咸淳元年（1265）曾出任临安府学教授。四年，在太平州江东转运使江万里处任幕僚。德祐元年（1275）五月，丞相陈宜中荐居史馆，辞而不赴。十月又授太学博士，其时元兵已进逼临安，江西至临安的通道被截断，未能成行。当年文天祥起兵抗元，辰翁曾短期参与其江西幕府。宋亡后隐居不仕，埋头著书，以此终老。

刘辰翁生前著述甚丰，其文学成就主要表现在词的方面。他生逢宋、元易代之际，愤权倖误国，痛宋室倾覆，满腔爱国热忱，时时寄于词中。在南宋末年的词人中，他的爱国思想与民族情绪反映得最为强烈，是辛弃疾一派的爱国主义传统的继承者。《四库全书总目》称他"于宗邦沦覆之后，眷怀麦秀，寄托遥深，忠爱之忱，往往形诸笔墨，其志亦多有可取者"（卷一六五）。这是对刘辰翁为人和词作的思想内容的正确评价。在刘辰翁的词中，凡属书甲子的词，都是暗示自己不承认元朝的统治，感怀时事、追念故国的作品。他最有价值的作品，就是这些感怀时事的爱国词。还在南宋亡国之前，他的某些词就强烈地反映了当时的社会现实。

他更多的爱国词则是写于宋亡之后，结合自己"乱后飘零独在"（〔临江仙〕）的身世，抒发对故国、故土的眷念与哀思。如作于德祐二年（1276）暮春的〔兰陵王〕《丙子送春》即是沉痛悼惜当年二月临安陷落、宗社沦亡的佳作。此词通篇采用象征手法，用"春去"暗喻南宋的灭亡。清人陈廷焯指出，此词"题是'送

春'，词是悲宋，曲折说来，有多少眼泪"（《白雨斋词话》）。由于写得字字血泪，沉痛感人，这首词常被后人视为刘辰翁最有代表性的作品，以致厉鹗论词绝句有"送春苦调刘须溪"之句（《樊榭山房集》卷十二）。刘辰翁常常通过描写时令相代、景物变迁来寄寓亡国哀思。他在许多词中反复写元夕、端午、重阳，反复写伤春、送春，追和刘过的〔唐多令〕《重过武昌》至 7 首之多，这些都不是伤春悲秋的滥调，而是深切地表达了作者眷恋故国故土的愁怀。

刘辰翁词不同于其他南宋遗民的一味掩抑低回、凄凄切切，而是表现出一种英雄失路的悲壮感情。他的思想境界比同辈为高，而在艺术表现上则喜用中锋突进的手法来表现自己奔放的感情，既不流于隐晦，也不假手雕琢，真挚自然，流畅生动，因而格外具有感人的力量。他的词能于沉痛悲苦中透发出激越豪壮之气，如〔霜天晓角〕中的"老来无复味，老来无复泪"、〔莺啼序〕中的"我狂最喜高歌去，但高歌不是番腔底"、〔忆秦娥〕"烧灯节"中的"百年短短兴亡别，与君犹对当时月。当时月，照人烛泪，照人梅发"等。所以况周颐认为："须溪词风格遒上似稼轩，情辞跌宕似遗山。有时意笔俱化，纯任天倪，意态略似坡公。"（《蕙风词话》）

刘辰翁的诗文成就不高。酬贺之诗连篇累牍，显得冗长浅薄。个别篇章稍具情韵，兼含寄托。他又是一位文学评论家，批点评选古人诗文有 10 种之多。评点王维、杜甫、陆游等人的作品，时有中肯之处。但他喜欢标新立异，常常失之尖刻和琐屑。尤其评杜诗每每舍其大而求其细。对同时代人汪元量的诗作，亦有批点评选。

著有《须溪集》100 卷，久佚。今存 10 卷，有《四库全书》、《豫章丛书》本。《须溪词》1 卷、补遗 1 卷，有《彊村丛书》本。

张 炎

中国宋元间词人。字叔夏，号玉田，又号乐笑翁。原籍成纪（今甘肃天水），世居临安（今浙江杭州）。曾祖张镃，祖父张濡，父张枢，皆能词善音律。前期所作多雅词，名篇如〔南浦〕《春水》，雅丽深婉，时有"张春水"之称。南宋德祐二年（1276），元兵攻陷临安，张濡被杀，家被抄没，张炎浪迹江湖，这一时期的代表作有〔解连环〕《咏孤雁》，情转凄清，多身世之感，又有"张孤雁"之称。元至元二十七年（1290），召赴大都缮写金字藏经。次年春南归，漫游江浙各地，卖卜为生，有不少咏叹遗民身世的词作，代表词作有〔甘州〕"记玉关踏雪事清游"、〔高阳台〕《西湖春感》、〔清平乐〕"采芳人杳"，情致衰飒，多故国之思。终老于杭州。

张炎是宋末著名词人，词以写景咏物见长，除上举《春水》《咏孤雁》之外，如〔满庭芳〕《小春》、〔水龙吟〕《白莲》、〔疏影〕《梅影》、〔湘月〕"行行且止"等，堪称名篇。其词师法周邦彦、姜夔，转益多师，风格多样，清代浙派词人以姜、张并称，甚至"人人以姜、张自命"（江藩《词

源跋》)。其词深受周邦彦、姜夔的影响，着重格律音律，字雕句琢，雅丽清苍。

他又是著名的词论家，他的《词源》为重要的词论专著，比词作的影响还大。全书分上、下2卷，上卷论词乐，下卷论创作，标榜清空骚雅，是其创作理论与实践的总结。所论偏重于艺术形式，主张词要意趣高远，意境清空，雅正合律，某些论述至今仍有借鉴作用。

词集有《山中白云词》8卷，今存清康熙间曹炳刊本，中华书局1983年出版有吴则虞辑校本，上海古籍出版社1989年出版袁真点校本，1994年浙江古籍出版社出版有黄畲校笺本。《词源》有《词话丛编》本、人民文学出版社1963年有夏承焘校注本、浙江古籍出版社1990年有郑孟津笺解本。

杜仁杰

中国元代散曲家。字仲梁，号止轩，又字善夫。济南长清（今山东济南西南）人。金正大中与麻革、张澄隐居内乡山中。元初，屡被征召而不出。性善谑，才学宏博。平生与元好问相契，有诗文相酬。元好问曾两次向耶律楚材推荐，但他都"表谢不起"，没有出仕。后因其子杜元素任福建闽海道廉访使，死后得赠翰林承旨、资善大夫，谥号文穆。杜仁杰散曲虽传世不多，却有特色，笔触老辣而有谐趣，善于驾驭丰富活泼的口语。套曲〔般涉调·耍孩儿〕《喻情》，通篇用歇后语写成，对于了解元代口语甚有价值。最著名的是〔般涉调·耍孩儿〕《庄家不识勾栏》套曲，描写一个庄户汉秋收后进城，到勾栏看戏的种种经历。借这个庄户人之口，真实地再现了元代勾栏演戏时剧场、戏台、道具、乐队乃至化装、角色等种种情况，写得情趣盎然。这个套曲因而成为研究元代戏曲的重要资料。杜仁杰的诗文大都散失，清人辑有《善夫先生集》1卷，收入《元诗选》中，散曲今存套曲3首、小令1首，收入《朝野新声太平乐府》《盛世新声》《雍熙乐府》等集中。

马致远

中国元代戏曲作家。号东篱，说字千里。大都（今北京）人。曾任江浙行省务官（一作江浙省务提举）。又曾加入"书会"，并与书会才人合编过杂剧。从他自己的散曲作品中可以了解到，他在年轻时曾热衷于进取功名，然而仕途并不显达，因此动了"终焉计"。晚年退隐山林，以诗酒自娱。著有杂剧15种，今存《破幽梦孤雁汉宫秋》《江州司马青衫泪》《西华山陈抟高卧》《吕洞宾三醉岳阳楼》《马丹阳三度任风子》《半夜雷轰荐福碑》6种，以及同李时中、红字李二、花李郎合写的《邯郸道省悟黄粱梦》1

种（马著第一折）。明代吕天成、清代张大复说马致远作过南戏《苏武持节北海牧羊记》等。马致远还作有散曲，现存120多首。

马致远是享有盛名的戏曲家。元代周德清以关汉卿、郑光祖、白朴、马致远并列；明朱权《太和正音谱》对他更为推崇，说"宜列群英之上"。他的杂剧以

《汉宫秋》插图（明万历顾曲斋刻本）

《汉宫秋》最有影响。此外，他的《荐福碑》写儒生张镐在仕进途中的不幸遭遇，谴责官场黑暗，堵塞贤路，但作品有严重的宿命论观点。《陈抟高卧》写陈抟绝意仕进，归隐山林，流露对浊世的愤懑和个人怀才不遇的感情。《青衫泪》据白居易的《琵琶行》敷演而成，落入元杂剧爱情故事的老套，没有很大特色。《三醉岳阳楼》和《三度任风子》等属"神仙道化"剧，宣扬消极避世的思想，向往的是远离尘世的神仙世界，然而作品中对现实的揭露也有一定价值。"神仙道化"剧的产生有复杂的历史原因，与元代一部分失意士人对现实悲观失望而放情于山林的思想倾向有密切关系；同时，也受当时在北方流行的道教新派——全真教的直接影响。马致远的"神仙道化"剧在元明杂剧中有不小的影响。

马致远在散曲上的成就，为元代之冠。明代贾仲明称他为"曲状元"。作品内容主要有叹世、咏景、恋情3类。在"叹世"之作中，他的世界观的矛盾表现得很明显，尤其是他的套曲〔双调夜行船〕《秋思》，表现了对人世间一切功名利禄的否定和对人生若梦的感叹。他的小令〔天净沙〕"枯藤老树昏鸦"是咏景名篇，以凝练的笔法，赋予秋天的景色以萧瑟苍凉的情调，构成诗意的图景，烘托出天涯游子的凄凉心情（元代盛如梓《庶斋老学丛谈》记这支小令为无名氏作）。此外，如〔双调寿阳曲〕《远浦归帆》、〔双调寿阳曲〕《山市晴岚》等曲，在描绘景物、点染气氛上也都有独到之处。他的恋情之作的特点在于较清新动人而少脂粉俗气。

马致远的散曲，声调和谐优美，语言清新豪爽，并且善于捕捉形象以熔铸诗的境界。他吸取了诗、词以及民间歌曲的养分，开辟了与诗、词不同的曲的真率醇厚的意境，提高了曲的格调。

今人任讷将他的散曲辑录为《东篱乐府》。

张养浩

中国元代散曲作家。字希孟，号云庄（莊）。山东济南人。历官翰林学士、礼部尚书、参议中书省事等职。文宗天历二年（1329），关中大旱，特拜陕西行台中丞，前往救灾，劳瘁去世。张养浩的散曲多是在辞官归里后所写，由于对宦海风波、世态炎凉有切身体察，因此能做比较真

切的描写，如〔朱履曲〕《警世》。而当他写到归田之后，则轻松自如的心情跃然纸上，如"中年才过便休官，合共神仙一样看"（〔双调·水仙子〕）等。他的咏吟山水的优秀篇章也不少。张养浩对人民疾苦比较同情，在怀古兴叹之际能联想到百姓的疾苦，比同类题材的散曲作品要高出一筹。最著名的作品是〔山坡羊〕《潼关怀古》："峰峦如聚，波涛如怒，山河表里潼关路。望西都，意踌躇，伤心秦汉经行处，宫阙万间都做了土。兴，百姓苦；亡，百姓苦。"又如小令〔得胜令〕《四月一日喜雨》、套曲〔一枝花〕《咏喜雨》，是他在陕西救灾时所作，比较真实地反映了灾区人民流离失所的悲惨生活。《太和正音谱》评张养浩的散曲如"玉树临风"，指出他的作品格调高远。他的作品文字显白流畅，感情真朴醇厚，无论抒情或是写景，都能出自真情而较少雕镂。有散曲集《云庄休居自适小乐府》传世。据《全元散曲》所辑，今存小令161首、套数2首。

张可久

中国元代散曲作家。一说名久可，号小山。庆元（今浙江宁波）人。生活年代比卢挚、马致远晚，不可详考。他时官时隐，足迹遍及江、浙、皖、闽、湘、赣等地，一生奔波，不太得志。张可久长期为吏的身世，对他的创作很有影响，生活的坎坷又不免使他抑郁感伤。他的〔庆东原〕《和马致远先辈韵》9首，抒发了

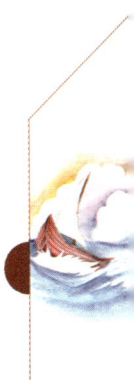

穷通无定、世态炎凉的感慨,只是这种愤世嫉俗的作品为数不多。向往归隐,描写归隐生活的情和景,在张可久的作品中更多一些。他一生奔波于宦海,在悬车之年尚出仕小吏,有不得已的苦衷。因此在以"归兴""旅思""道中"命名的篇章中,常常表现出悲凉的情绪和对安定的田园生活的渴望。

张可久是元代散曲"清丽派"的代表作家。明朱权《太和正音谱》誉之为"词林之宗匠"。许光冶说他"俪辞追乐府之工,散句撷宋唐之秀"(《江山风月谱·自序》)。他的散曲的主要艺术特色是:①讲究格律音韵;②着力于炼字炼句,对仗工整,字句和美;③融合运用诗、词作法,讲究蕴藉工丽,而且常常熔铸诗、词名句,藉以入于典雅。今所存散曲集有天一阁本《小山乐府》、影元抄本《北曲联乐府》等。其作品据隋树森《全元散曲》所辑,共存小令 855 首、套曲 9 首。

王 磐

中国明代散曲家。字鸿渐。高邮(今属江苏)人。生于富室,好读书。曾为诸生,嫌拘束而弃之,终身不再应举做官,纵情于山水诗酒。性好楼居,筑楼于高邮城西僻地,常与名士谈咏其间,因自号"西楼"。他工诗能画,尤善音律。王磐散曲存小令 65 首、套曲 9 首,全属北曲。多庆节、赏花、记游等闲适之作,反映了他生活和性格的基本方面。其咏物之作"首首尖新"(王骥德《曲律》），最为著名。由于他脱略尘俗、不干权贵，对于当权者的乖行逆施很看不惯。小令〔朝天子〕《咏喇叭》，借"曲小""腔大"的官船喇叭为题，把正德年间擅权的宦官在运河沿岸鱼肉百姓的罪恶行径，以及他们装腔作势的嘴脸，揭露得淋漓尽致。散套〔南吕·一枝花〕《久雪》，以大雪的逞威，喻权奸的肆虐，并展示日出雪消的理想，也颇有意义。讽刺迷信的〔南吕·一枝花〕《嘲转五方》，以及对一些生活琐事的歌咏，显示了他散曲题材比较宽广。其他作品的风格基本上是清丽精雅的，个别讽刺作品则较为豪辣，而〔满庭芳〕《失鸡》、〔朝天子〕《瓶杏为鼠所啮》等，则以俳谐风趣为人所称道。著有《王西楼乐府》1卷。

陈维崧

中国清代词人、骈文作家。字其年，号迦陵。宜兴（今属江苏）人。入清补诸生，康熙十八年（1679）举博学鸿词，授翰林院检讨。卒于任所。

陈维崧少时作文敏捷，词采瑰玮，吴伟业曾将其与吴兆骞、彭师度誉为"江左三凤凰"。明亡（1644）时，陈维崧才20岁。入清后虽补为诸生，但累试不举，身世飘零，游食四方，接触社会面较广。又因早有文名，一时名流如吴伟业、冒襄、龚鼎孳、姜宸英、王士禛、邵长蘅、彭孙遹等，都与他交往。其中与朱彝尊合刊《朱陈村词》，名声大振。清

初词坛，陈、朱并列，陈为"阳羡派"领袖。

陈维崧的词数量很多。现存《湖海楼词集》有1600多首。风格豪迈奔放，接近宋代的苏、辛派，但又兼有清真娴雅之气。更难得的是他各体词都写得很出色。陈廷焯《白雨斋词话》说："迦陵词气魄绝大，骨力绝遒，填词之富，古今无两。"《湖海楼词集》最为可贵的，是能注意反映社会现实，如〔贺新郎〕《纤夫词》，写清兵为征发十万民夫替战船拉纤而给百姓带来的灾难。〔南乡子〕《江南杂咏》揭露官府对劳苦人民敲骨吸髓的剥削。此外多写自己的怀才不遇及国家兴亡之感，如〔点绛唇〕《夜宿临洺驿》、〔醉落魄〕《咏鹰》、〔夜游宫〕《秋怀四首》、〔夏初临〕《本意》、〔沁园春〕《赠别芝麓先生，即用其题〈乌丝词〉韵》等，伤时感物，豪放苍凉。〔沁园春〕《题徐渭文〈钟山梅花图〉同云臣、南耕、京少赋》，则把历史故实、眼前新事、画面景色及作者胸臆全都摄纳词中。此外，〔念奴娇〕《读屈翁山诗有作》雄奇壮阔，兼富情趣；〔唐多令〕《春

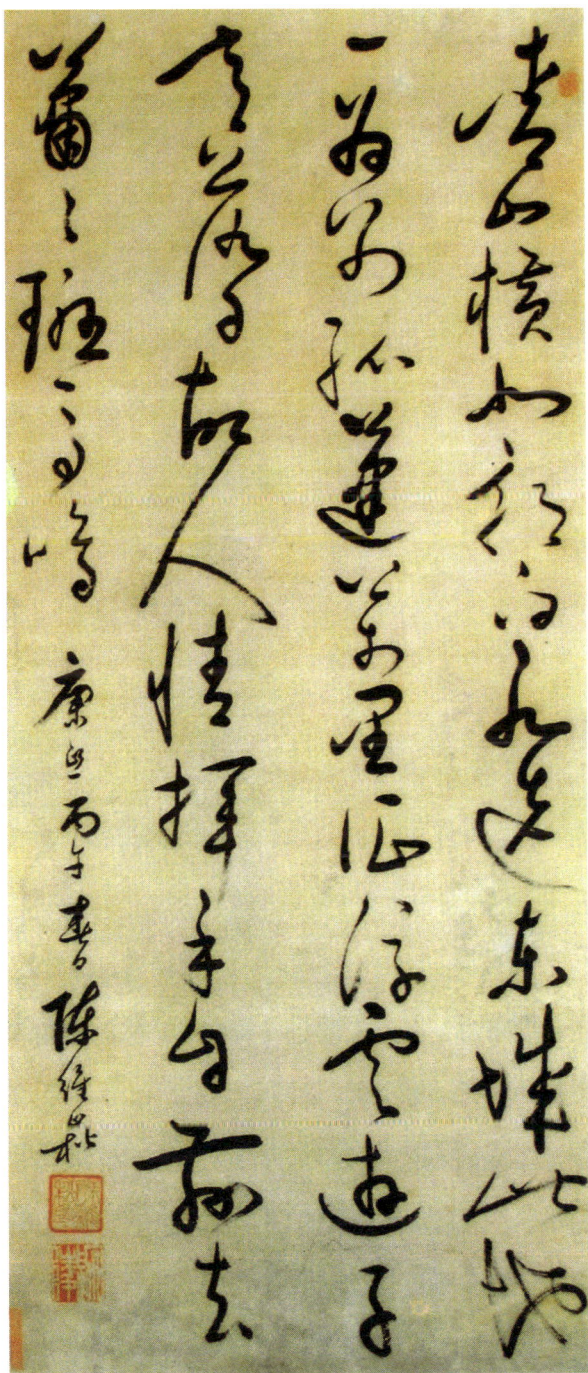

陈维崧《草书五言律诗》轴

暮半塘小泊》信手拈来，口语入词，也显示出他能运用多种艺术手法的特点。〔望江南〕〔南乡子〕等组词以清新笔调写江南、河南的风光和社会生活，〔蝶恋花〕《六月词》写农民入城的情态，〔贺新郎〕《赠苏崑生》写艺人的遭遇，这些又显示出陈维崧词题材广阔的特点。陈维崧词的缺点是有时倾泻过甚，一发无余，便缺余蕴，稍嫌轻率。

陈维崧亦能诗，但成就不如其词与骈体文。他的骈体文，在清初亦是一大家，与吴绮、章藻功并称"清初骈体三大家"。《与芝麓

先生书》《余鸿客金陵咏古诗序》《苍梧词序》等，都写得跌宕悱恻，有很强的感染力。

著有《湖海楼全集》54卷，其中有诗8卷、文16卷、词30卷。另有《妇人集》《四六金针》，并同潘眉辑有《今词选》，选有《两晋南北史集珍》等。

朱彝尊

中国清代词人、诗人、学者。字锡鬯，号竹垞，晚号小长芦钓鱼师，又号金风亭长。浙江秀水（今嘉兴）人。康熙十八年（1679）举博学鸿词科，以布衣授翰林院检讨，入直南书房，曾参加纂修《明史》。朱彝尊擅长作

文、考据。其诗以才藻魄力胜，初学唐，晚年阑入黄庭坚，当时与王士禛齐名，称"南朱北王"，赵执信有"朱贪多，王爱好"之讥（《谈龙录》）。朱彝尊为浙派诗开山祖师，与查慎行同为浙派初期两大家。同时，他又是浙西

词派（也称浙派）的开创者，浙派词人曾与以陈维崧为代表的阳羡派，在词坛并峙称雄。朱彝尊认为词要"醇雅"，不要多"硬语""新腔"（《水村琴趣序》）。其词奉姜夔、张炎为正宗，且以小令为长。但因他过分追求技巧，讲究声律，偏重词句琢磨，作品虽多，题材仍不免狭窄。他的词现存4种，共7卷500多首。《江湖载酒集》3卷、《静志居琴趣》1卷、《茶烟阁体物集》2卷《蕃锦集》1卷，都已收入《曝书亭集》。风格清雅疏宕，陈廷焯《白雨斋词话》评为"疏中有密，独出冠时"。朱彝尊学问综博，于史学、经学、文学及目录学无所不通，号

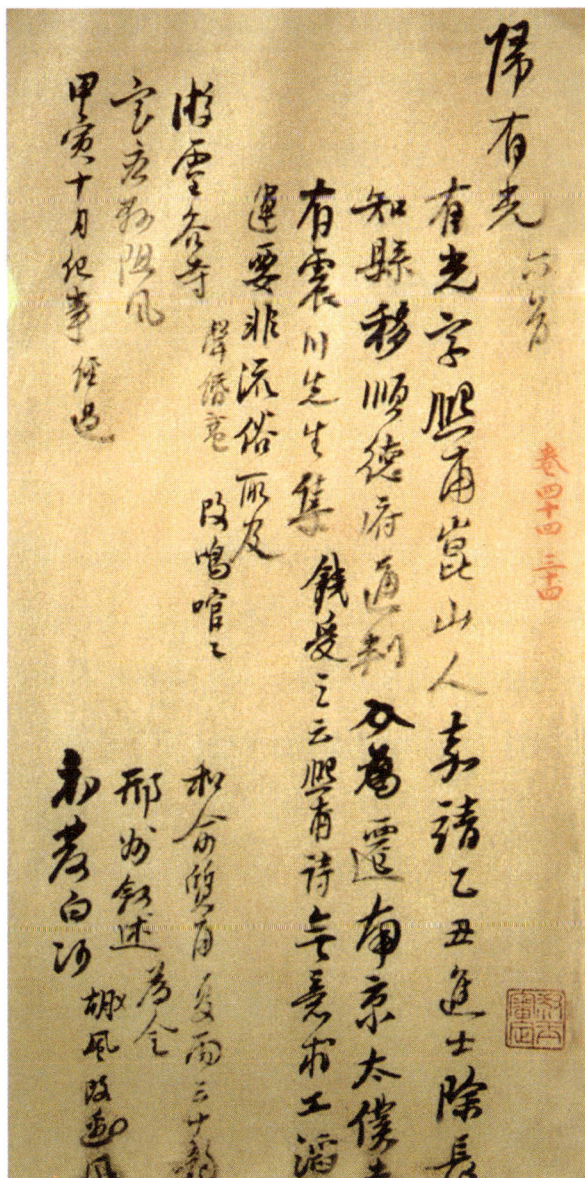

朱彝尊《明诗综》手稿

称"通才"。著有《曝书亭集》80卷、《日下旧闻》42卷、《经义考》300卷。另编选了《明诗综》100卷、《词综》36卷（汪森增补）。

纳兰性德

中国清代满族词人。原名成德，字容若，号楞伽山人。先祖原为蒙古土默特氏，因攻占纳喇部，以地为氏，改姓纳喇，即纳兰。其父明珠为清康熙时大学士。纳兰性德自幼勤于修文习武。18岁中举，22岁赐进士出身。选授三等侍卫，后晋为一等，扈从于康熙身边。辑有《全唐诗选》和《词韵正略》。擅书法，精于书画鉴赏。纳兰性德的词集《侧帽集》于康熙十七年（1678）问世，时年仅24岁。继而，另一词集《饮水词》在吴中刊行。他的词集问世后，曾形成"家家争唱饮水词"（曹寅语）的局面。这不仅因其词作"缠绵清婉，为当代冠"（郑振铎语），其思想的深沉，风格的清新，抒情状物的不落窠臼、别开生面，也是重要原因。他性淡泊，视功名权势如敝屣，以相府长子、御前侍卫的地位为难以解脱的束缚，常感"忧愁居其半，心事如落花"。这种心绪给他的作品涂上了一层浓重的哀愁。思乡、思亲、思友的主题，词集里多有所见。顾贞观说："容若词一种凄惋处令人不忍卒读。"（《通志堂词序》）所作悼亡词血泪交织，尤为感人。王国维论及纳兰性德时说："纳兰容若以自然之眼观物，以自然之舌言情。此初入中原未染汉人风气，故能真切如此。北宋以来，一人而已。"不仅指出了他在中国词坛上的历史地位，而且概括了他的个人风格。著有《通志堂诗集》5卷、《文集》5卷、《渌水亭杂识》4卷、《侧帽词》《饮水词》共5卷。另刻有《通志堂经解》。

张惠言

中国清代散文家、词人、经学家。原名一鸣，字皋文。武进（今江苏常州）人。嘉庆四年（1799）进士，改庶吉士，授翰林院编修。张惠言早工骈文辞赋。其文受桐城派刘大櫆弟子王灼、钱伯坰的影响，与同里恽敬共治唐、宋古文，欲合骈、散文之长以自鸣，开创阳湖派。所作如《游黄山赋》《赁春赋》《邓石如篆势赋》《送恽子居序》《词选序》《上阮中丞书》等，或恢宏绝丽，或温润朴健，气格颇为笃茂。张惠言又是常州词派的开创者。他强调词作应该重视内容，"意内而言外"，"意在笔先"。其词现存46首，其中多思乡、念别、言情和写景之作，数量不多而颇有佳构。作品语言清丽，韵律和谐，委婉而含蓄，形成了一种沉郁悽怆、深美闳约的风格，堪为一代词宗。但所作题材较窄，某些作品用语晦涩，是其一病。代表作有〔木兰花慢〕《杨花》等。著有《茗柯文》9卷、《茗柯词》1卷等。张惠言又是清代的著名经学家。经学论著有《周易虞氏义》《虞氏消息》等20余种。

周 济

中国清代词人、词论家。字保绪，号未斋，晚号止庵，别号介存居士。江苏荆溪（今属宜兴）人。少能属文。嘉庆十年（1805）中进士，官淮安府学教授，以与知府王毂不合，引疾归。道光八年（1828）起，寓金陵，潜心著述，成《说文字系》4卷，《晋略》80卷。晚年复任淮安府学教授。周济是常州词派的重要词论家。他发挥张惠言"意内言外"之说，明确提出填词要有寄托，"非寄托不入，专寄托不出"（《宋四家词选目录序论》），提出"诗有史，词亦有史"，并把这种主张体现在所著《词辨》和《宋四家词选》之中，对近代词坛影响很大。对前代词人，他推崇周邦彦、辛弃疾、吴文英、王沂孙四家，主张"问

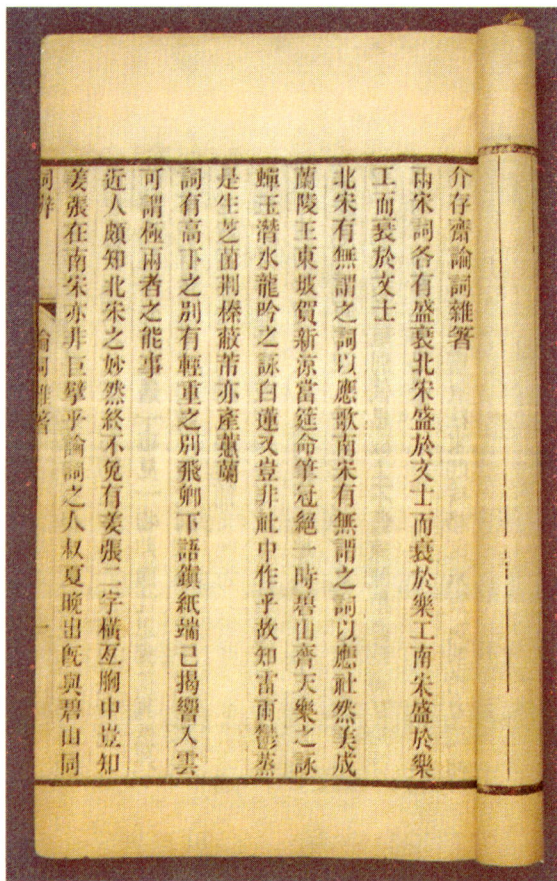

《介存斋论词杂著》（清道光刻本）

涂碧山（王沂孙），历梦窗（吴文英）、稼轩（辛弃疾）以还清真（周邦彦）之浑化"（《宋四家词选目录序论》），是所谓"宋四家"说的先导。他的词作成就不及词论，有的寄托过于深曲，词意隐晦难明。较好的作品，如〔渡江云〕《杨花》、〔蝶恋花〕"柳絮年年三月暮"等，怨断之中，有豪宕之气。有《介存斋文稿》《介存斋诗》《味隽斋词》《存审轩词》《止庵词》。周济于嘉庆十七年（1812）编《词辨》10卷，以教导弟子学词，示门径、明正变、知是非。后稿不慎沉于水，追忆补录，仅得正变2卷。道光二十七年（1847）潘玮据抄本刊刻，卷首附《介存斋论词杂著》。《词话丛编》据以入编。1959年人民文学出版社将它同《复堂词话》《蒿庵论词》合为一册出版，由顾颉刚校点。

蒋春霖

中国词人。字鹿潭。江苏江阴人，寄籍大兴（今属北京市）。父蒋尊典任荆门知州。父死后家业中落，奉母归京师，屡试不中。咸丰二年（1852），署富安场盐大使。七年，母死去官，移家东台。咸丰十年，先后入乔松年、金安清幕。后又做过六七年的小盐官。他早岁工诗，风格近李商隐。中年，将诗稿悉行焚毁，专力填词。由于喜好纳兰性德的《饮水词》和项鸿祚的《忆云词》，因自署水云楼，并用以名其词集。他重视词的内容和作用，所作词如〔台城路〕《易州寄高寄泉》、〔卜算子〕"燕子不曾来"等，多抒写仕

途坎坷、穷愁潦倒的身世情怀，悲恻抑郁。其咏时世之作，如〔台城路〕"惊飞燕子魂无定"、〔水龙吟〕《癸丑除夕》等，则表现了太平天国时期士大夫的流离失落之感，以及对清王朝风雨飘摇的哀叹。在艺术上，蒋春霖目无南唐两宋，更不囿于清代浙派和常州派的樊篱。他的词工于造境，沉郁凄婉，注意炼字，讲究律度，有较强的艺术感染力。时人誉为"倚声家老杜"，谭献认为他在清代 200 年中可与纳兰性德、项廷纪"分鼎三足"（《箧中词》卷五）。有《水云楼词》，咸丰十一年刻。卒后，其友于汉卿刻《补遗》1 卷。1933 年《词学季刊》创刊号又发表其未刻词 9首。蒋春霖词今存约 170 首。诗百余首，由金武祥刻入《粟香室丛书》，题为《水云楼剩稿》；又缪氏荃孙刻入《云自在龛丛书》，

题为《水云楼诗剩稿》。冯其庸编《水云楼诗词辑校》收罗较为完备，齐鲁书社 1986 年出版。

谭　献

中国晚清词人、词论家。初名廷献，字仲修，号复堂。浙江仁和（今杭州）人。同治六年（1867）举人。屡赴进士试不第，曾入福建学使徐树藩幕。后署秀水县教谕。又历任安徽歙县、全椒、合肥、宿松等县知县。晚年受张之洞邀请，主讲经心书院，年余辞归。治学倾向今文学派，重微言大义。其骈文与诗均有成就，而以词与词论最突出。他论词本于常州词派，称赞常州派兴，

"而比兴渐盛"（《复堂日记》），并进一步推尊词体，认为词"上之言志永言，次之志洁行芳，而后洋洋乎会于风雅"，不应视为"小道"；强调要有"寄托"，读词"喜寻其旨于人事，论作者之世，思作者之人"；特别是提出"作者之用心未必然，而读者之用心何必不然"的创见（均见《复堂词录序》）。他选清人词为《箧中词》，又评点周济《词辨》，皆意在阐发论词主张，影响甚大。叶恭绰说他"开近三十年之风尚"（《广箧中词》）。其词作多抒写士大夫文人的情趣，风格含蓄隐曲，而文辞隽秀，尤以小令为长。如〔青门引〕"人去阑干静"、〔蝶恋花〕"庭院深深人悄悄"及〔一萼红〕《吴山》等阕，形象鲜明，凄婉沉郁，是谭词中的佳作。其文、诗、词、日记等合刊为《复堂类集》，另有《复堂诗续》《复堂文续》《复堂日记补录》。词集《复堂词》，录词146阕。其词论由门人徐珂辑为《复堂词话》，有《词话丛编》本及人民文学出版社本。

文廷式

中国近代词人。字道希（亦作道羲、道溪），号云阁（亦作芸阁），别号纯常子、罗霄山人、芗德。江西萍乡人。生于广东潮州，少为陈澧弟子。光绪初，在广州将军长善幕中，与其嗣子志锐、侄志钧（二人即长叙之子，瑾妃、珍妃胞兄）交游甚密。光绪十六年（1890）成进士，授编修。二十年大考，光绪帝亲拔为一等第一名，升翰林院侍读学士，兼日讲起居注。他志在救世，遇事敢言，列名"清流"，与汪鸣銮、张謇等合称"翁（同龢）门六子"，是帝党重要人物。甲午战争时力主抗日，上疏请罢慈禧生日庆典，奏劾李鸿章，谏阻和议。后又赞助康有为倡立强学会于北京。二十二年，遭李鸿章姻亲御史杨崇伊参劾，被革职驱逐出京。归里后，撰《罗霄山人醉语》，痛陈"中国积弊极深"，提出"变则存，不变则亡"，主张"君民共主"，倾向变法，但又以为不可急切从事。戊戌政变后，清廷密电访拿，遂出走日本。二十六年夏回国，与容闳、严复、章太炎等沪上名流，参加唐才常在上海张园召开的"国会"。唐才常的自立军起义失败后，复被清廷下令严拿。此后数年往来萍乡与上海、南京、长沙间，沉伤憔悴，寄情文酒，以佛学自遣。所著杂记《纯常子枝语》40卷，是其平生精力所萃。

文廷式15岁学词，晚年自言"三十年来，涉猎百家"，"志之所在，不尚苟同"。他批评浙

派"以玉田（张炎）为宗"，"意旨枯寂，后人继之"，"以二窗（吴文英号梦窗、周密号草窗）为祖祢，视辛（弃疾）刘（过）若仇雠"，尤为"巨谬"（《云起轩词钞序》）。论词强调比兴寄托，与常州词派相近。但又不为所囿，曾批评常州派推崇的词人周邦彦"柔靡特甚，虽极工致，而风人之旨尚微"（《纯常子枝语》卷十一）。

文廷式词存 150 余首，大部分为中年以后作品，感时忧世，沉痛悲哀。其〔高阳台〕"灵鹊填河"、〔风流子〕"倦书抛短枕"等，于感叹国势衰颓中流露出对慈禧专权的不满，对当道大臣误国的愤慨。〔木兰花慢〕"听秦淮落叶"、〔翠楼吟〕《闻德占胶州湾而作》，寄托

报国救世之志，豪情激荡。晚期词作，忧时之情与飘零之感交织，时露出尘避世情绪。部分艳词风格近花间派，而抚时感事，言志抒怀之作，则以苏、辛为宗，或慷慨激越、抑郁幽愤，或神思飘逸、清远旷朗，大都即景言情，托物咏志，兼有豪放俊迈、婉约深微的特点。在近代词坛上自成一家。

其《云起轩词钞》，有门人徐乃昌刊本和江宁王氏娱生轩影印家藏手稿本，龙榆生重校集评《云起轩词》后出，并附录《文芸阁先生词话》。尚有若干首散见于夏敬观《映庵词话》、郭则沄《清词玉屑》。赵铁寒编有《文芸阁先生全集》（中国台北文海出版社1975年出版）。汪叔子编有《文廷式集》（中华书局1933年版）。

王国维

中国近代史学家、语言文字学家、文学家。字伯隅，又字静安，号观堂，又号永观。浙江海宁人。戊戌时，到上海《时务报》馆充校对，并入日本人执教的东文学社学习外文及近代科学。1901年秋，得罗振玉资助赴日留学。不久，以病归，相继在南通

浙江海宁王国维故居

师范学堂及江苏师范学堂任教，并编译《农学报》与《教育世界》杂志。1906年随罗振玉入京。次年任学部总务司行走。这期间，他对哲学、文学有浓挚的兴趣，潜心词曲，作有《人间词话》。辛亥革命爆发后，随罗振玉逃亡日本，专事甲骨文及汉简的研究，与日本学者多有往还。1916年回到上海，继续致力于甲骨文及古器物的研究。所著《殷卜辞中所见先公先王考》及《殷周制度论》影响甚大。所倡二重证据法，即以地下实物资料与历史文献资料互相印证的方法，对近代史学的进步颇有影响。1923年，被废帝溥仪召，充"南书房行走"。1925年被聘为清华研究院导师。除研究古史外，兼作西北史地和蒙古史料的考订。1927年在颐和园投昆明湖而死。一生著述甚丰，其主要著作结集为《海宁王静安先生遗书》。

《花间集》

中国晚唐五代词选集。10卷。五代赵崇祚辑，后蜀广政三年（940）编成，欧阳炯为之作序。赵崇祚，字弘基，生卒年、籍贯不详。后蜀明德间（935—

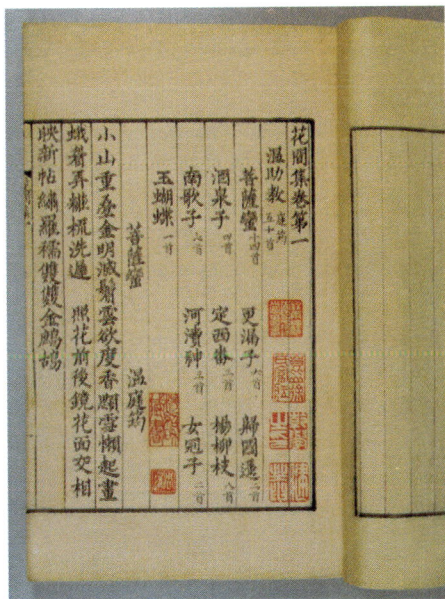

《花间集》（宋刻递修本）

937）曾任大理少卿（陈思《书苑菁华》卷十六《后蜀林罕字源偏旁小说序》）。广政三年（1940），兼卫尉少卿。

《花间集》以人编次，选录晚唐五代词作 500 首，词人 18 家，依次是：晚唐温庭筠、皇甫松，五代韦庄、薛昭蕴、牛峤、张泌、毛文锡、牛希济、欧阳炯、和凝、顾夐、孙光宪、魏承班、鹿虔扆、阎选、尹鹗、毛熙震和李珣。其中温庭筠词作入选最多，有 66 首。温庭筠词秾艳华美，韦庄词疏淡明秀，代表了《花间集》的两种风格。唐末五代词作，多赖此以传，对研究词体产生与发展演变具有重要价值。近人赵尊岳《词集提要》认为："词肇始于唐，昌于五代。此集辑于五代，为足本最古之词总集（《云谣》卷子所收不多，且无足本）。后人寻绎低回，摹其旨趣，用为造于词境峰

极之资，兼以备唐五代之一格。"（《词学季刊》第3卷第3号）宋人填词，多以之为典范。北宋李之仪《跋吴思道小词》即说吴思道作词，"专以《花间》所集为准"。南宋陈善《扪虱新话》卷九认为"《花间集》当为长短句之宗"；陈振孙《直斋书录解题》卷二十一也将《花间集》推许为"近世倚声填词之祖"。明中叶以后，《花间集》与《草堂诗馀》更盛行于世。

《花间集》现存最早的刻本，为南宋绍兴十八年（1148）晁谦之建康刻本（1955年古籍刊行社有影印本），其次为淳熙年间鄂州刻本。明清所传诸本，大多出自这两种版本。其中明正德十六年（1521）陆元大刻本系据晁刻本影刊，改正了部分错字，颇精善。民国间吴昌绶《景刊宋金元明本词》又据陆刻本影刊。清末四印斋刻本是据宋鄂州本影刊；《四部备要》本也出自鄂州本。明末毛氏汲古阁刊《词苑英华》本则据南宋开禧间刊本（原本已佚）校印。明清两代流传的抄刻本还有：明吴讷辑《唐宋名贤百家词》本；明刻朱墨套印汤显祖评点本；明万历三十年（1602）玄览斋刻本，《四部丛刊》本据此影印，非善本。今人李一氓《花间集校》（1958）博采群书，校勘精审，讨源溯流，足资借鉴。另有李冰若《花间集评注》（1935、1993），华连圃《花间集注》（1935、1983）。

《尊前集》

中国唐五代词选集。1卷，佚名辑。宋人多称"唐《尊前集》"，似是唐末五代人所编。然集中所载李煜词，题作"李王"，是其成书当在北宋初，因李煜至

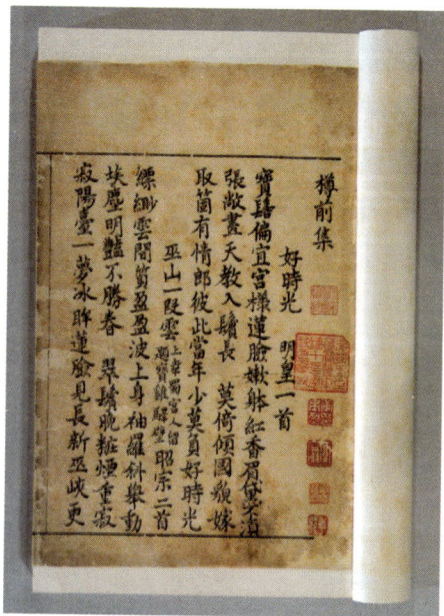

《尊前集》（明刻本）

北宋太平兴国三年（978）七月去世后才被追封为吴王。此书以人为序编次，录唐五代词人36家，词作289首，收录的作品虽不及《花间集》，但入选作者的范围则较《花间集》为广，似是有意补《花间集》之不足。《花间集》以外词人，增补了唐代明皇、昭宗、李白、韦应物、张志和、王建、刘禹锡、白居易、杜牧、司空图和五代南唐李煜、冯延巳等人的词作；《花间集》已选词人，则补录其未收之词。唐五代词人词作，多赖此书及《花间集》而得以传存。

《尊前集》今传最早之本为明正统六年（1441）吴讷辑《唐宋名贤百家词》所收1卷本。另有明万历十年壬午（1582）顾梧芳刻2卷本，其后明毛晋《词苑英华》本、清《四库全书》本皆自顾本出。另有南京图书馆藏明梅

禹金抄本、朱祖谋《彊村丛书》校刊本。今有蒋哲伦增校本《尊前集》（1984）。

《唐五代词》

中国唐五代词总集。近人林大椿辑。共收唐五代词 1148 首，作者 81 人。其词采自《花间集》《尊前集》《金奁集》和《全唐诗》中的附词，个别兼及《花庵词选》《草堂诗馀》《南唐二主词》《词综》等。作家概依时代为序，卷末附有简略的作者生平，兼及作品真伪的考辨、各家重见和字句异同的校勘、宋人诗话有关作家作品的一些遗闻轶事。搜罗较为丰富。此书较为明显的缺点是所

录主要为唐五代文人词，民间词除寥寥几首外，绝大多数弃而不录。敦煌发现的曲子词，可考者多达千首，大都是民间词，书中均未采入。1933 年商务印书馆出版，1956 年文学古籍刊行社重新校订断句出版。

《乐府雅词》

宋词总集。中国南宋曾慥编。曾慥，字端伯，号至游居士。曾公亮裔孙，福建晋江（今福建南安）人。官至尚书郎，直宝文阁。学识广博。著有《高斋漫录》《高斋诗话》等，编有《宋百家诗选》，均佚，唯所编《类说》今存。《乐府雅词》是今存最早的一

部宋人选编的宋词总集，分上、中、下3卷，《拾遗》上、下2卷。编定于绍兴十六年（1146）。正集选录欧阳修等34家，《拾遗》选录16家，共50家，均是宋人。曾慥《乐府雅词引》云："余所藏名公长短句，裒合成篇，或后或先，非有铨次，多是一家，难分优劣，涉谐谑则去之，名曰《乐府雅词》。"此书选词颇精，朱彝尊《乐府雅词跋》对其评价甚高："作长短句必曰'雅词'，盖词以雅为尚。得是编，《草堂诗余》可废矣。"《四库全书总目》卷一九九《乐府雅词》提要也称其"具有风旨，非靡靡之音可比"。卷上分《转踏》《大曲》《雅词》3类，《转踏》《大曲》都是研究唐宋歌舞曲的重要资料，"足资词家之考证"。此书有明赵辑宁星凤阁校抄本、《词学丛书》本、《粤雅堂丛书》本、《四部丛刊》本、《四库全书》本。

《花庵词选》

词总集。中国南宋黄昇编。昇字叔旸，号玉林，又号花庵词客。闽（今福建闽侯）人。生卒年不详。不事科举，专意歌咏，著有《散花庵词》。《花庵词选》编于淳祐九年（1249），继赵崇祚《花间集》、曾慥《乐府雅词》而作，搜罗颇广，向为后人辑词者所重。前10卷为《唐宋诸贤绝妙词选》，选录唐、五代、北宋人作品；后10卷为《中兴以来绝妙词选》，选录南宋人作品，自作词亦附于末。黄昇本工词，故精于持择，去取谨严，每人名下各注字号里贯，每篇题下间附评语，可资考核，在宋人词选中是比较好的一种。顾起纶《花庵词选跋》云："溯自盛唐，迄于南宋，凡七百年，词家菁英，尽于是乎，美哉富矣！"有汲古阁《词苑英华》本、《四部丛刊》影明刻本，1958年中华书局上海编辑所出版有断句排印本。

《绝妙好词》

中国词总集。南宋周密编选。分7卷，收词385首。始自张孝祥，终于仇远，共132家。编选虽严，但选录标准偏重于格律形式，故只录清丽婉约的词作，而不选忠愤激昂的爱国词，如辛弃疾词仅选3首，而姜夔词则选13首，吴文英词多至16首。清代焦循说："周密《绝妙好词》所选皆同于己者，一味轻柔圆腻而已。"（《雕菰楼词话》）此乃公允之论。而张炎认为《阳春白雪》《花庵词选》不如此选本精粹（《词源》），则反映了宋末注重音律形式的"雅词"派的艺术观点。此书选录了许多不见史传的宋末词人作品，零珠碎玉，赖此以传。其中不少词人与作者结为词社，互相唱和，从中可窥见当时词坛不同风格作品的流行情况，为研究宋词风格、流派的演变发展提供了参考资料。有明代汲古阁抄本、高士奇刊本。今传为清代查为仁、厉鹗合笺本，笺释本事，有疏通证明之功，收入《四库全书》。又有《四部备要》本，内附《绝妙词选续抄》1卷，《续抄》为仁和余集从周密《浩然斋雅谈》等书中辑出，由钱塘姚煌作注。中华书局曾据此本校订排印。

《阳春白雪》

中国宋代词总集。南宋赵闻

收录。秦刻本于诸家词句读、押韵不同者，条注于每句之下；至于错误不通者，空格以俟考补，较为审慎。此编选录词人不以时代先后为序，也不以词作内容性质排列，以词调分卷，所选词人

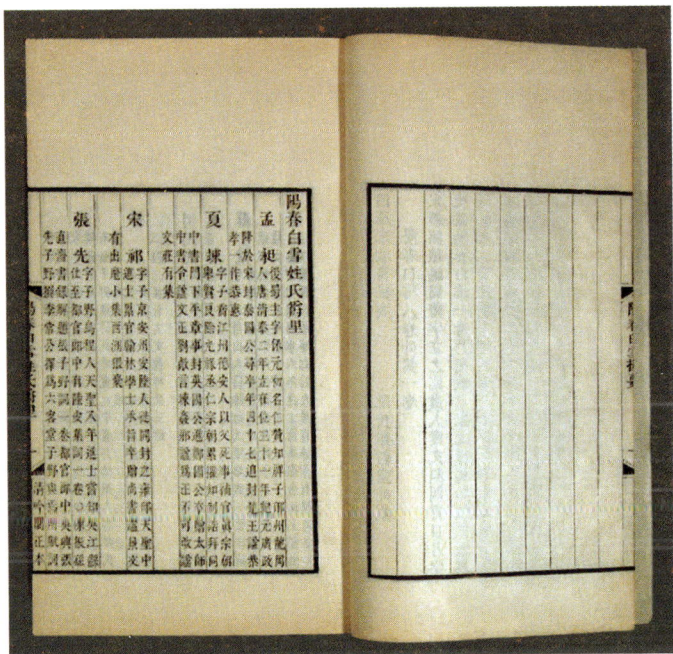

《阳春白雪》（清道光刻本）

礼编。闻礼字立之，又字粹夫，号钓月。临濮（今属河南）人。生平不详。著有《钓月轩词》。《阳春白雪》有正集8卷、外集1卷，共收词600多首。所选词人，大多是南宋词家，极少选北宋词人。此书流传不广，清初朱彝尊编《词综》、沈辰垣等编《历代诗余》，均未见。直至道光年间，始为江都秦恩复刻《词学丛书》所

分散各卷中；每卷中先慢词，后小令。这种体例不为后人沿用。《正集》选录以工丽精妙为主，《外集》则选录张元幹、辛弃疾、刘过等悲壮激昂的爱国词篇。所收作品有不少系不知名词人所作，对辑录宋人散佚词篇颇有价值。丛书本有《宛委别藏》《词学丛书》《粤雅堂丛书》《丛书集成初编》本。

《唐宋名贤百家词》

中国词总集。明代吴讷编。吴讷（1368—1454），字敏德，号思庵。江苏常熟人。官至右都御史。英宗正统四年（1439）离职。卒谥"文恪"。著有《棠阴比事》附《续补编》《祥刑要览》，并编有《文章辨体》。此书辑于正统年间，刻本卷首有吴讷序。比毛晋汲古阁刻词早200多年。当时所见善本尚多，如南宋前期曾慥所编《东坡词》《东坡词拾遗》，均赖此书而得以传存。此书所收词集自《花间集》起，至南宋郭应

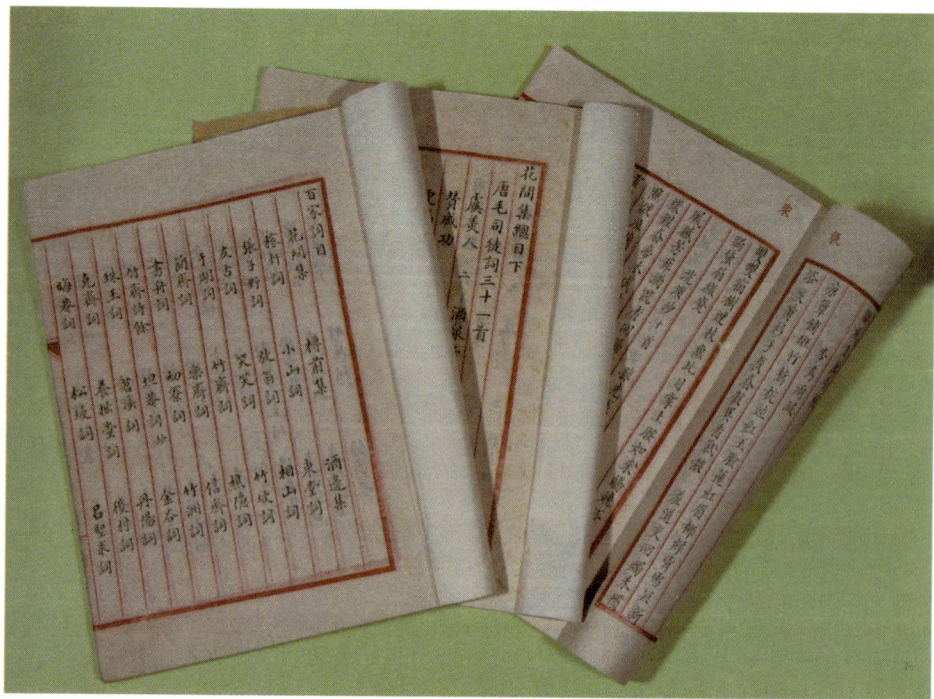

《唐宋名贤百家词》（民国抄本）

祥《笑笑词》止，名为百家，实仅90家。天津图书馆藏明红格抄本40册为天一阁旧藏，缺11家，实有89家。此书所据版本如辛弃疾《稼轩词》丁集和袁易《静春词》，皆为他处所未见，为研究宋词提供了有重要参考价值的版本资料。此书不录明人词，但其中误收有明人词，如王达《耐轩词》，即明初人所作。通行本有商务印书馆排印本。

《词选》

中国唐、宋代词作集录。清代张惠言编选。此书2卷，附录1卷。编于嘉庆二年（1797），选录唐、五代、宋词44家，116首。柳永、吴文英词均未入选，时人以为选录偏而且严。附录为其门人郑善长所辑，选当时作家12人，词60首。惠言外孙董毅又续选五代、宋词122首为《续词选》。清初，自朱彝尊推崇姜夔、张炎以来，词作偏重格律形式，题材狭窄，内容渐趋空虚。惠言欲挽浙派词风的流弊，论词强调比兴，注意词作内容的现实意义，并要求词的地位应该"与诗赋之流同类而风诵"（《词选》序）。此选本体现了常州词派的主张，所选苏轼、秦观、周邦彦、辛弃疾、张孝祥、王沂孙等人的词，对当时词坛和以后词风转变，影响很大。书中所附解说，有独到之处，然对有些词的评说亦有穿凿附会之嫌。此书有道光间刻本、《宛邻书屋丛书》《袖珍古书读本》《四部备要》本。

《明词综》

中国明代词总集。清代王昶编。王昶，字德甫，号兰泉、述庵。青浦（今属上海）人。乾隆十九年（1754）进士，官至刑部右侍郎。好金石之学，编成《金石萃编》160卷。曾参加纂修《大清一统志》《续三通》等书。著有《春融堂集》，辑有《明词综》《国朝词综》《湖海诗传》《湖海文传》等。《明词综》共12卷。从康熙年间选录的《历代诗余》中选明词160多家。朱彝尊在编选三唐五代宋金元词的同时，也曾编选了明词数卷，但未刊行，后为王昶获得。王昶在这些书稿的基础上，再加上自己所搜集的明词，共选录380家，编成《明词综》附于朱彝尊《词综》之后。明代许多词家作品赖此书得以流传。王昶的选择大旨，仍奉朱彝尊词论的标准，以南宋姜（夔）、张（炎）各家为宗。每一词家前都有简略小传和品评。这些小传对了解明代词家的生平事迹，颇有帮助，品评则有助于对作家词风的认识，并能进一步了解其词的特点。

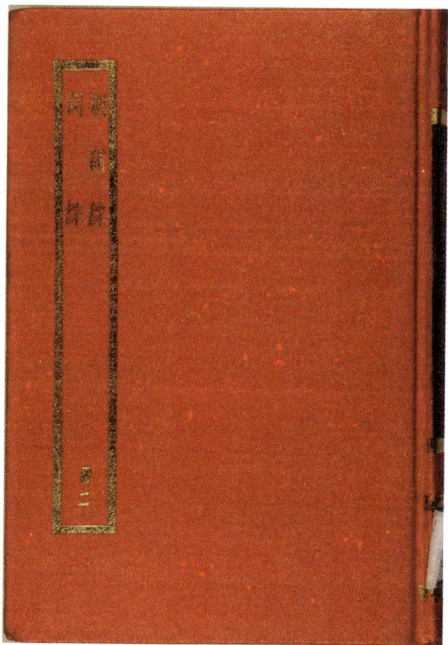

《明词综》封面

《清词综》

中国清词总集。原名《国朝词综》。清王昶编。王昶字德甫，号述庵，又号兰泉。青浦（今属上海市）人。乾隆十九年（1754）进士，官至刑部右侍郎，著有《春融堂集》。《清词综》仿朱彝尊的《词综》体例，选录清初至乾隆朝词人735家的作品（末3卷有方外、妇女作品），共48卷。作者名下附小传，并辑有评语。

书成于嘉庆七年（1802），有当时刊本。嘉庆八年，又续刻《国朝词综二集》，共8卷，录60余家词，起于钱大昕，终于王绍成，包括郭麐等人。王昶论词，以为"词实继古诗而作"，不宜说成"诗之余"，意在尊词体。但他以南宋词为宗，与"浙派"相近，所以此书所选词，以朱彝尊、厉鹗的作品为多，两人都独占一卷。此书保留乾隆以前的大批词作，是清词较早的重要选本。道光间，海盐黄燮清编《国朝词综续编》24卷，选录586家词，是接续此书的纂集。